Scrittori italiani e stranieri

Nicola Lecca

Il treno di cristallo

ROMANZO

MONDADORI

Dello stesso autore in edizione Mondadori

Hotel Borg
Il corpo odiato
La piramide del caffè
I colori dopo il bianco

www.nicolalecca.it

librimondadori.it

Il treno di cristallo
di Nicola Lecca
Collezione Scrittori italiani e stranieri

ISBN 978-88-04-70802-5

Published by arrangement with The Italian Literary Agency
I edizione gennaio 2020

Anno 2020 - Ristampa 1 2 3 4 5 6 7

Il treno di cristallo

Alla Madonna dell'Orto

Non può quel che vuole,
vorrà quel che può.

LORENZO DA PONTE
WOLFGANG AMADEUS MOZART
Dall'opera *Così fan tutte*

OUVERTURE

Passerò,
trascinando il mio enorme amore.

VLADIMIR MAJAKOVSKIJ

Zagabria

13 GENNAIO 1993

Pallido e con gli occhi cerchiati dall'agitazione, Borna sta camminando avanti e indietro per un'aula vuota del conservatorio di Zagabria. È vestito come uno sposo, e lo smoking nero che indossa risplende d'eleganza nella polverosa mestizia d'intorno. Fa freddo, e una piccola stufa a cherosene impregna l'aria del suo odore malsano senza riuscire a contrastare il gelo che, da giorni, cristallizza la città.

Tormentati, i passi di Borna sembrano quelli di un roditore in gabbia e lui li sente scricchiolare sotto di sé come un condannato a morte che calpesta le travi malferme del patibolo.

Diciotto anni compiuti oggi e già due metri d'altezza, Borna è l'unico figlio di due operai che da decenni lavorano nella più importante fabbrica di dadi per brodo di tutta la Croazia. Mai un minuto di ritardo, mai un richiamo scritto: ma soltanto lodi per il loro impeccabile operato, meccanico e ripetitivo come quello di certi scarabei, capaci di spingere innumerevoli sfere di letame senza mai stancarsi.

Lungo i muri dell'aula, il crocifisso pende insieme al suo eterno dolore e una grande mappa d'Europa si mostra con le montagne in risalto – tranne quelle serbe, appiattite dal pugno rabbioso di uno studente. C'è anche un piccolo specchio nel quale Borna si sta guardando riflesso: ha appena raddrizzato il papillon e, adesso, sta allontanando il più possibile le labbra fra loro, per scoprire i denti e accertarsi che i cioccolatini, divorati nell'ansia dell'attesa, non abbiano lasciato tracce.

Tutto, oggi, dovrà essere memorabile. E nessun dettaglio si potrà sacrificare al caso.

La madre di Borna era stata chiara in proposito mentre il sarto della via Ilica misurava il torace di suo figlio per adattare il taglio della giacca, della camicia e del gilet alla malformazione del petto carenato: ossuto e sporgente come quello di un pollo. «Tutto è nelle tue mani, Borna. In prima fila, accanto a me e a tuo padre, ci sarà il proprietario della fabbrica e ci saranno anche gli altri dirigenti: persone importanti che non possiamo permetterci di deludere, ma che, finalmente, abbiamo l'opportunità di lasciare a bocca aperta, per dimostrare che non siamo soltanto operai: gente di merda, come credono loro. Lo capisci? Queste mani da pianista, le dita lunghe e affusolate che il Signore ti ha donato così agili e sottili, io le ho riconosciute subito, quando sei venuto al mondo. E mi sono resa conto che, grazie a te, saremmo potuti diventare una famiglia prestigiosa e rispettata.

Ma se sbaglierai, se non sarai all'altezza, il sogno dell'ammirazione si trasformerà nell'incubo della vergogna.

Tutti riderebbero di noi. E sarebbe insopportabile, oltre che umiliante.

Ricordati, figlio mio: l'eccellenza non basterà. Non sarà sufficiente. Per ribaltare davvero la percezione che gli altri hanno della nostra famiglia occorre la perfezione. Quella dei campioni olimpici: da dieci assoluto. Siamo intesi?»

«Siamo intesi, mamma» si era limitato a rispondere Borna mentre il sarto, chino davanti a lui, gli misurava le gambe spoglie e magre, ricoperte da una folta peluria bionda. La signora Golda Barcic, nel frattempo, si era sollevata sulla punta dei piedi per accarezzare il figlio in viso: come faceva di rado. Poi, subito dopo, rivolgendosi severamente al sarto – il cui conto sarebbe stato pagato a suon di straordinari –, aveva precisato: «Con quello che costa, signor Pogorelic, lo smoking su misura per mio figlio dovrà essere assolutamente impeccabile». E, scandendo bene ogni sillaba, aveva ripetuto: «IM-PEC-CA-BI-LE».

«Lo sarà, signora Barcic... lo sarà...» si era premurato di rassicurarla lui, tenendo stretta fra le labbra la capocchia di uno spillo e lasciando penzolare dalla mano sinistra il metro giallo che, fra le sue dita pelose, pareva la coda di un sorcio.

«Le bretelle, però, non le faccia di seta: usi un tessuto più economico, tanto non le vedrà nessuno. Già le calze – lunghe fino al ginocchio – ci sono costate quanto un'intera giornata di lavoro!»

«Naturalmente, signora Barcic. Come lei desidera. Ma i revers della giacca li dobbiamo fare in seta per forza e la fodera dovrà essere in raso. I bottoni siamo costretti a rivestirli in *gros grain*. E di seta dovrà essere anche il gallone che ricopre le cuciture esterne del pantalone dalla vita all'orlo. Altrimenti non sarebbe uno smoking...»

«E va bene, signor Pogorelic: ma sui risvolti, come le ho già detto, non transigo! Ci dovranno essere e bisognerà farli abbondanti: Borna continua a crescere di giorno in giorno e non possiamo mica buttar via un abito del genere per un paio di centimetri. Se ne rende conto? Sarebbe una follia!»

E così il sarto, pur di accontentare la signora Barcic – che mai prima d'allora era stata sua cliente e che difficilmente lo sarebbe stata in futuro –, si era trovato costretto a confezionare uno smoking con i risvolti al pantalone. Che assurdità! Una roba del genere non s'era mai vista: e chiunque avesse una qualche dimestichezza con l'eleganza l'avrebbe trovata addirittura ridicola.

"Povero ragazzo" pensò l'uomo mentre, misurate le scarne cosce di Borna, si preparava ad appuntare il modesto numero di risulta su una strisciolina di carta, riciclata per risparmiare.

«Se gli applausi saranno tanti e il pubblico chiederà un *encore* ho deciso di eseguire *I ciclopi* di Jean-Philippe Rameau» annunciò Borna, in mutande, nello scarso tepore dell'elegante sartoria Pogorelic.

I ciclopi: sua madre e suo padre. Giganti con un occhio soltanto: quello critico, severo, mai appagato. E privi dell'altro: benevolo, tollerante, capace di compassione e di empatia.

Il fatto è che Mihov e Golda Barcic non sono mai stati fieri del loro unico figlio. Borna lo sa bene, se ne è accorto fin da quando era bambino, e dunque si rende conto che quell'occasione tanto attesa e plateale per conquistare il loro amore non potrà essere sprecata.

(...)

Un bidello del conservatorio di Zagabria ha appena bussato alla porta del limbo in cui Borna si trova per accompagnarlo in scena attraverso un corridoio gelido, angoscioso come un tunnel, che lo catapulterà nell'aula magna: già colma di persone, strette, anche in piedi, lungo le pareti della sala. A lui, fin da subito, tutto quell'affollamento sembrerà una balena pronta a ingoiarlo nel suo stomaco gorgogliante di colpi di tosse, di vociare e, adesso, anche di applausi: non ancora meritati – è vero –, ma utilissimi a trovare il coraggio per cominciare a suonare.

Con passi lenti, appesantiti dalla paura e dall'ansia, Borna attraversa il palco e raggiunge il grande pianoforte a coda osservato da mille occhi. Tutti quegli sguardi, carichi di aspettative, si depositano sulla sua anima paralizzandola.

Lui, adesso, è lì: di fronte al pubblico, intento a liberare dall'asola l'unico bottone della sua costosissima giacca. Ma è lento, impacciato. Nervosamente aggiusta lo sgabello, per adattarlo alla sua altezza, e vi si siede.

Ora, davanti a Borna, ci sono ottantotto tasti che sembrano una lunga fila di soldati ordinatamente disposti contro di lui e vestiti dei suoi stessi colori, ma in proporzione inversa: perché nello smoking prevale il nero, mentre il bianco domina sulla tastiera. Niente spartito, tutto nella mente, ciascuna delle trenta *Variazioni Goldberg* di Bach nell'ordine giusto e senza possibilità di errore: migliaia e migliaia di note che lui potrebbe suonare male o, peggio ancora, dimenticare.

Panico. Terrore.

Lo sguardo di Borna, smarrito, si posa sullo scintillio della cordiera, che sembra un'arpa ribaltata, mentre i suoi genitori lo guardano, gonfi d'orgoglio, seduti in prima fila accanto al proprietario della fabbrica di dadi per brodo che – per l'occasione – è venuto accompagnato da sua figlia: una dodicenne capricciosa, già vestita come una donna, con le calze a velo e le unghie smaltate di rosa: «Papà, papà, quando inizia il concerto? Perché il pianista sta lì impalato e non suona? Posso avere una *Tortica*?». Accostando severamente l'indice alle labbra e al naso, il proprietario della fabbrica di dadi per brodo esige e ottiene il silenzio. Subito dopo, voltandosi verso Mihov e Golda Barcic, si scusa dell'esuberanza di sua figlia.

È la prima volta che il proprietario della fabbrica di dadi per brodo si rivolge a due suoi operai con soggezione e riverenza. «Ma si figuri, dottore, non fa nulla!» si affrettano a rispondergli loro con i volti contriti in una grottesca smorfia di dolcezza.

Silenzio. Quel silenzio talmente completo e innaturale da rendere violenti i polpastrelli che sfogliano la carta di una caramella, il cui sfrigolio, tra le dita, risuona con clamore, ritardando l'inizio del concerto.

Con la coda dell'occhio, un attimo prima di cominciare, Borna guarda sua madre e suo padre eccitati dall'emozione e, con tutta la determinazione di cui è capace, si prepara a realizzare il loro sogno: un'impresa sovrumana che, in cuor suo, non pensava certo di riuscire a sostenere. Invece, ottanta minuti più tardi, il trionfo tanto atteso accade.

Non ci sono state esitazioni. Né tantomeno errori. E ogni nota è stata suonata esattamente come Bach l'ha scritta.

«Bravo! Bravo! BRAVO!»

Esaltati dalla perfezione raggiunta, gli spettatori si levano in piedi e applaudono a piene mani.

Lo stupore suscitato dalla bravura di Borna è tale da superare ciò che Mihov e Golda Barcic si erano realisticamente aspettati. Per questo, come calamitati dal miracolo esultante che, d'improvviso, è esploso dietro di loro, i genitori di Borna si voltano e, anziché guardare il figlio per tributargli ammirazione, s'incantano a osservare i mille spettatori che, con i loro applausi, li stanno liberando dalla vergogna di essere persone qualunque.

Mai i genitori di Borna si sono sentiti tanto felici. Mai il loro cuore è stato altrettanto pieno di gioia.

Nel vederli di spalle, voltati contro di lui, Borna si sente tradito, abbandonato, ed è costretto a stringere i denti per trattenere il pianto. Le lacrime, allora, si trasformano nel sudore più gelido, che affiora ovunque sul suo corpo, gocciolandogli lungo le tempie e facendo aderire la camicia al petto in maniera innaturale.

Ignorato dai suoi genitori, Borna si china per ringraziare il pubblico di aver finalmente attestato il suo valore.

Lo fa a più riprese, premendo i palmi delle mani contro le ginocchia, per sorreggersi e contrastare i capogiri provocati dalla fatica e dalla rabbia.

Ogni volta che si risolleva e guarda verso la platea spera sempre che sua madre e suo padre si ricordino di lui e gli sorridano con orgoglio e gratitudine. Ma Mihov e Golda

Barcic stanno naufragando nel trionfale compimento della loro rivalsa sociale, così meticolosamente programmata e tanto a lungo attesa che, adesso, sembrano applaudire il resto del pubblico e non il loro unico figlio il quale, sopraffatto da un eccesso di emozioni contrastanti, sviene.

Sviene lì, davanti a tutti, sul povero palco del conservatorio di Zagabria provocando, nel pubblico, un boato di preoccupazione e rovinando a sua madre e a suo padre il primo e unico momento perfetto della loro vita miserabile.

Ora sì che sono costretti a voltarsi e a vederlo, accasciato ai piedi del pianoforte: con la bocca aperta, come spalancata, in un urlo disperato e senza voce.

Costa orientale dell'Inghilterra

VENTUN ANNI DOPO

Broadstairs, tredici gennaio 2014. A differenza del pianista Borna Barcic, Aaron Ancic è diventato maggiorenne oggi: senza applausi e senza troppo clamore.

Per l'occasione, sua madre Anja ha comprato una torta di carote con le candeline azzurre e gli ha regalato un paio di scarpe da tennis dello stesso colore. Dopo una lunga giornata di lavoro, loro due si sono ritrovati attorno al tavolo della cucina: insieme o, come piace dire a sua madre, *da soli*.

Il tavolo della cucina è bianco: proprio come le pareti, il lampadario e le tende. Ed è vecchio. Aaron lo ha trovato per strada.

Le sedie sono traballanti, ma reggono ancora.

Il bianco è un colore rassicurante: attenua gli stati d'animo e assorbe la paura.

Le scarpe da tennis disordinatamente riposte nella scatola, la teiera sbeccata, le tazze – per l'occasione uguali fra loro –, l'imbarazzata felicità di Aaron e le paure di sua madre. Soprattutto quella di perderlo, ora che è diventato un uomo.

Silenzio.

Anja cerca di sorridere. Si sforza di mostrarsi emozionata.

Trascorrono minuti lunghissimi e con i secondi ad uno ad uno dilatati.

«Ora sei grande» dice lei mentre Aaron, con gli occhi chiusi, soffia sulle candeline: esprimendo il desiderio che la ragazza conosciuta online si decida finalmente a incontrarlo per davvero.

Fumo, panna e maraschino.

In un istante gli odori del compleanno si mescolano insieme evocando alla mente chiasso, palloncini e il coro degli auguri.

Invece d'intorno ci sono soltanto sedie vuote: il bianco e il silenzio.

La torta è piccola. Al centro, con la cioccolata, il pasticcere ha scritto ARON con una "a" soltanto.

«Dopo tutti i soldi che ha voluto, avrebbe almeno potuto scrivere il nome giusto» dice Anja a voce bassa, accendendosi una sigaretta.

E poi bisbiglia: «Questi inglesi!».

Aaron le risponde che non importa: la torta, del resto, è buona e sono buoni anche gli inglesi perché li hanno accolti, offrendo loro lo status di rifugiati.

«RIFUGIATI INGRATI. Te ne ricordi? Lo ha scritto la dirimpettaia con un pennarello nero sulla nostra porta d'ingresso perché, alla riunione di condominio, abbiamo osato lamentarci del suo cane, che abbaia in continuazione e non ci lascia dormire.»

«Ma in gelateria sono tutti gentili con me. Mi hanno perfino nominato apprendista del mese e i clienti sorridono sempre...»

Ad Aaron la negatività della madre non piace. Soprattutto oggi che è il suo compleanno.

Allora si alza, le accarezza i capelli unti dall'incuria, la bacia sulla fronte, la ringrazia per le scarpe, per la torta e per le candeline e, subito dopo, si rintana nella sua cameretta. Un'isola abitata da lui soltanto: specchio di una personalità lontana dalle mode, estranea al resto del mondo e protetta da quella solitudine che Aaron ha imparato ad amare fin da bambino: affidandosi a lei con fiducia e viaggiando come un pellegrino lungo le sue ampie e desolate strade.

Ungheria occidentale

TRENTASEI GIORNI PIÙ TARDI

Borna Barcic sta per morire. Ma lui questo non lo sa. Sono trascorsi ventun anni dal suo trionfale concerto nell'aula magna del conservatorio di Zagabria e, da quel giorno, i successi non sono mancati. Piccoli, però: mai grandi come sua madre e suo padre avrebbero voluto.

Adesso lui si trova in coda alla biglietteria della stazione di Szombathely e attende di comprare un biglietto per tornare a casa. Prima classe, come sempre. Gli piace sfiorare la ricchezza, concedersi il lusso della comodità: avere uno scompartimento per sé soltanto, da non condividere con nessuno. Gli altri lo infastidiscono.

È stato così fin da bambino, quando i suoi genitori – più che crescerlo – lo hanno custodito come un segreto di stato nella soffocante intimità di una casa popolare: certi che il mondo fosse troppo pericoloso e inadatto a uno fragile come lui.

Per egoismo o per ignoranza, questa madre e questo padre hanno condannato il loro unico figlio alla solitudine, privandolo della dimestichezza sociale. Rendendolo goffo, timido e imbarazzato: agile e disinvolto soltanto con se stesso, tanto che Borna, all'età di trentanove anni, è rimasto un uomo solo, senza amici e senza il conforto dell'amore incondizionato: che gli è mancato soprattutto durante l'infanzia, trascorsa nella periferia di Zagabria in un palazzo grigio e tetro, con le scale trasandate, le cassette delle lettere arrugginite e la muffa che sbriciolava via insieme all'intonaco del soffitto le volte in cui il portone veniva chiuso sbattendolo, nonostante un cartello chiedesse di non farlo.

Casa Barcic, invece, era pulitissima. Merito della madre di Borna, ossessionata dall'ordine e nemica dello sporco. Grazie a lei e alla sua determinazione, tutto splendeva nella miseria del loro appartamento: e perfino le plafoniere in plastica – pur logore e ingiallite – ambivano, comunque, a luccicare.

Più che un dovere, per la signora Barcic pulire era un conforto: un anestetico capace di lenire ogni frustrazione. Tanto che lei non si limitava a lavare finestre e pavimenti: ma combatteva gli aloni degli specchi e stirava perfino la biancheria intima. Inamidava le lenzuola e sfregava con forza contro la pelle di Borna mentre, in una tinozza di ferro smaltato sistemata al centro della cucina, lo lavava con una tale ostinazione che la sua schiena, bianchissima, diventava rossa e gli faceva male.

Questa tortura è continuata a lungo. Fino a quando l'imbarazzo causato dai dodici anni di Borna ha costretto Golda Barcic a lasciare che il figlio si lavasse da solo. Non poteva più tollerare di vederlo nudo: constatare che aveva cominciato a diventare uomo. Preferiva ignorare quei primi segni di pubertà. Voleva tenerli nascosti alla vista, coperti dai vestiti: nell'illusione che Borna sarebbe potuto rimanere bambino ancora a lungo e che in quello stato si sarebbe mantenuto, almeno fino a quando la barba fosse spuntata a scempiargli il volto, rendendolo innegabilmente adulto.

Borna ha frequentato il conservatorio di Zagabria.

Suo padre e sua madre hanno voluto così.

Gli hanno imposto di diventare un pianista, perché loro avrebbero voluto essere musicisti: e non, invece, operai in una fabbrica di dadi per brodo.

Infelice di accontentarli, Borna ha fatto ciò che si aspettavano. Come quando, di pranzo in pranzo, ha mangiato in silenzio il cavolo rosso, nonostante gli desse il voltastomaco. Senza contare le volte in cui ha lasciato che la madre gli tagliasse i capelli – anche se lei i capelli non li sapeva tagliare.

Una vita addomesticata: imposta. Mai scelta.

Fino a che i suoi carnefici sono morti.

Vent'anni fa. Colpa o merito della trippa in scatola. Il batterio del botulino. E sarebbe morto pure lui, se, durante quell'ultima cena, il padre, col tegame della trippa fumante fra le mani, non gli avesse ordinato di lasciare la tavola: per punirlo.

«Si dice castani, papà: e non castagni. Altrimenti sembra che stai parlando degli alberi e non dei capelli...»

«Fila a letto. Senza cena.» Cinque parole soltanto. Pronunciate spesso dal padre di Borna per mantenere la disciplina e insegnare al figlio il rispetto.

La sera successiva Mihov e Golda Barcic hanno cominciato a vedere doppio. Poche ore più tardi, i muscoli delle palpebre hanno iniziato a cedere: fino a chiudere loro gli occhi, rendendoli ciechi.

"Grazie per il tuo bel concerto" sono state le ultime parole che suo padre avrebbe voluto dirgli ma che la paralisi – ormai diffusa fino alle labbra – ha lasciato per sempre dentro di lui.

Borna aveva ancora diciotto anni quando i suoi genitori hanno smesso di vivere, a pochi minuti l'uno dall'altra, in due diverse camere d'ospedale.

Sono morti così, sotto gli occhi di tutti, ma nel cuore di nessuno.

Borna non sapeva se essere triste o felice. E l'indomani si è presentato in chiesa, da solo, per partecipare a un funerale senza lacrime in cui il numero dei morti era uguale a quello dei presenti: lui e il prete soltanto.

Della fabbrica di dadi per brodo non andò nessuno.

Subito dopo è cominciata la libertà. Una libertà improvvisa e sconfinata, limitata soltanto dalla miseria, dalle rate del pianoforte e dalle restrizioni causate dalla guerra che inspiegabilmente continuava, nonostante la Croazia fosse stata riconosciuta dalla maggior parte degli stati del mondo.

Borna ebbe molta paura quando i serbi bombardarono la centrale elettrica di Zagabria. Quella notte fu tetra e lui rimase a letto, stringendo fra i denti le lenzuola senza trovare il coraggio di alzarsi e ripararsi in un angolo della stanza, come gli avevano insegnato a fare.

Di Mihov e Golda Barcic, Borna vendette tutto. Gli abiti e le scarpe ai negozi di vestiti usati. I pochi gioielli di sua madre e le fedi nuziali a un orafo. I mobili della camera da letto, invece, furono comprati da una coppia di novelli sposi che avevano risposto all'inserzione pubblicata da Borna sul "Večernji list".

Ma il ricavato delle vendite fu esiguo, e finì presto: così come i pochi risparmi accumulati da Golda Barcic in un libretto postale al portatore.

Fosse stato violinista, Borna si sarebbe potuto esibire per strada, in cambio di qualche moneta. Ma il pianoforte è uno strumento elefantiaco, inadatto all'elemosina. Cominciò dunque a dare lezioni private e a suonare ai matrimoni.

La trippa in scatola continuò a comprarla. Costava poco. E lo aveva reso un uomo libero.

I pochi studenti che era riuscito a trovare, li riceveva nel suo appartamento umido e sempre meno pulito: perché l'ordine, finalmente, non era più necessario. A loro insegnava a suonare. Senza provare niente. O, forse, soltanto noia.

Qualche volta gli allievi pagavano. Altre volte no.

Alla fine delle lezioni, Borna preparava il caffè: nero. Senza latte e senza zucchero, per risparmiare. E lo serviva in bicchierini di vetro: perché aveva venduto pure le tazzine, oltre a quasi tutto il resto. Fino a che l'appartamento era rimasto pieno soltanto di povertà e, in inverno, anche di freddo. Il freddo di Zagabria: talmente rigido e affilato da infilzare ogni cappotto e confondere i pensieri.

La legna costava troppo perché Borna potesse tenere accesa anche di notte la stufa di maiolica. E, così, si arrangiava dormendo sotto strati di coperte, con la borsa dell'acqua calda stretta al corpo e un cappellino rosso di lana, trovato su una panchina del vicino parco Maksimir.

Col tempo, era diventato un pianista discreto. Un'inezia al confronto di Grigorij Lipmanovič Sokolov: eppure i sovrintendenti dei teatri di provincia lo chiamavano spesso, attratti dalla modestia del suo cachet e dalla vastità di un repertorio capace di spaziare da Bach a Satie, da Mozart a Busoni.

Borna suonava per lo più in Croazia, in Ungheria e in Slovacchia. In Italia lo chiamavano di rado: né la sua bravura era bastata a farlo scritturare dalle grandi sale da concerto austriache. Ma lui sapeva accontentarsi.

(...)

Ieri sera, pur senza saperlo, Borna ha tenuto il suo ultimo concerto. È capitato nella cattedrale di Szombathely, in Ungheria. Il pubblico era poco e faceva troppo freddo per suonare bene. Soprattutto le note da sfiorare appena. E così, dopo il concerto, il maestro è tornato in albergo deluso: si è sdraiato sul letto, ha fissato a lungo i fiori sbiaditi sulle tendine azzurre alla finestra e, per smettere di pensare, ha mandato giù un sonnifero. Trenta gocce, oleose: disciolte con speranza in mezzo bicchier d'acqua e mescolate con un dito, in assenza del cucchiaino.

Alterato dal farmaco, il sonno di Borna sprofonda presto nell'innaturalezza, in una grotta buia dell'anima dove tutto rimbomba e si deforma: anche il ricordo del suo diciottesimo compleanno – l'unica volta in cui sua madre e suo padre sono stati veramente fieri di lui. I barbiturici, però, trasformano quel giorno memorabile in un incubo, ma non subito. All'inizio tutto riappare così come è accaduto.

L'aula magna del conservatorio di Zagabria è piena per il suo primo concerto da solista, e Borna indossa lo smoking cucito su misura dal signor Pogorelic con i revers in seta e i risvolti al pantalone.

Mihov e Golda Barcic siedono, tronfi, in prima fila, insieme al direttore della fabbrica di dadi per brodo. Ci sono anche: il supervisore della catena di montaggio, il capo del personale, l'addetto alle pubbliche relazioni, il rappresentante del sindacato, il contabile, il ragioniere che compila le buste paga e perfino il custode notturno.

Quella sera, Borna era riuscito a incantarli tutti con la perfezione delle sue note e gli applausi erano letteralmente esplosi, rendendo Mihov e Golda Barcic euforici.

Nel sogno, invece – nell'incubo –, il gomitolo di quella serata s'ingarbuglia. Borna sbaglia di continuo: corre più del dovuto, rallenta quando non è necessario, pasticcia coi pedali e, alla ventottesima variazione Goldberg, si ferma: perché le note sono scomparse e non ci sono più nella memoria.

Allora lui si alza in piedi, chiude gli occhi e resta al centro del palco, immobile, a lasciarsi giudicare dagli spettatori che, ad uno ad uno, in preda al disappunto, vanno via in silenzio: anche sua madre e suo padre, per ultimi, fino a che lui rimane solo.

Rabbia. Vergogna. Soprattutto più tardi, nell'improvvisato camerino del conservatorio: sempre più impregnato dai fumi del cherosene, ma ancora inspiegabilmente freddo.

Fuori dalla finestra, intanto, il vento sta scompigliando la neve. Borna vede i suoi fiocchi ondeggiare fra i rami secchi degli alberi e si toglie lo smoking. Non merita più quell'abito elegante.

Con un vecchio asciugamano rosa e sfilacciato assorbe il sudore che gli raggela il corpo e resta nudo.

Ha freddo. Dovrebbe rivestirsi, invece apre la finestra e guarda giù. Nello sporgersi, sprofonda le mani nel soffice strato di neve accumulatosi sul davanzale, fino a che le sue dita scompaiono nel bianco e cominciano a pulsare. "Tre piani" pensa, mentre il gelo gli addormenta i palmi. Molti, certo: ma non abbastanza per avere la sicurezza che tutto possa finire in un istante.

Ed è allora: è in quel momento che Borna trova la forza di svegliarsi, e riemergere da tutto quell'orrore. "Così sarebbero andate le cose se avessi sbagliato" pensa, mentre accende l'abat-jour.

È più sciupato del solito, adesso, e le sue occhiaie croniche si sono scurite come non mai. Se ne renderà conto presto, davanti allo specchio del bagno, mentre strofinerà le mani sulla barba, senza trovare la motivazione per raderla.

Poco più tardi, la bigliettaia della stazione di Szombathely lo guarderà con pena. Vorrebbe chiedergli se si sente bene, se ha bisogno di aiuto: eppure resta in silenzio. Di mestiere fa la bigliettaia, non l'infermiera: e lo spesso strato di vetro che la separa dai viaggiatori non incoraggia certo le conversazioni personali.

Borna, intanto, immagina che fra meno di sei ore sarà a casa. Lo dà per scontato mentre si avvia verso il primo binario e comincia a pianificare il resto della giornata. Pensa a cosa cucinerà per cena e che, prima di addormentarsi, ascolterà *Bist du bei mir* cantata da Marilyn Horne. Ma è tutto inutile, perché il destino ha deciso che non c'è più tempo.

Non sarà un barattolo di trippa a essergli fatale. Ma la sua smania di viaggiare in prima classe, per continuare a rimanere da solo anche a bordo di un vagone ferroviario.

Mihov e Golda Barcic, che l'avevano reso sociopatico in vita, sembravano continuare a influenzarlo dalle profondità dell'oltretomba con il residuo malato della loro educazione paranoica, irrimediabilmente penetrata nella mente di Borna e lì rimasta, come un'infezione, a tormentarlo.

(...)

"Szombathely állomás, Szombathely állomás." Dagli altoparlanti della piccola stazione ungherese una voce gracchiante annuncia che il Diretto 285 proveniente da Vienna e in viaggio verso Zagabria sta per arrivare.

Un treno quotidiano che collega l'Austria alla Croazia attraverso la trasandata mestizia dei confini magiari. Il costo del biglietto per viaggiare nei suoi vagoni privilegiati è proibitivo per la maggior parte degli abitanti di Szombathely, costretti a ripiegare sulla malconcia lentezza dei treni regionali: soprattutto gli studenti che, a quest'ora, affollano i binari della stazione con le sottomarche delle loro felpe bene in vista. Il più spavaldo sta fumando una sigaretta: ha i lacci delle scarpe fosforescenti, indossa uno zaino firmato Ferrari e tiene per mano una ragazzina.

Borna lo guarda e pensa che un'adolescenza così libera e spontanea lui non l'ha mai avuta.

Costa orientale dell'Inghilterra

QUELLO STESSO GIORNO

Si può amare una ragazza mai incontrata per davvero? Una persona della quale si conoscono soltanto la voce e un paio di fotografie? Ci si può appassionare a un'anima anziché a un corpo? Farsi attrarre dalle parole, senza che gli occhi abbiano avuto modo di scambiare un solo sguardo, come in quegli assurdi matrimoni medievali, combinati fra nobili di paesi lontani: principi e principesse che a lettere e ritratti affidavano la fragilità di un sentimento necessario?

Fra Aaron e Crystal tutto questo sta accadendo davvero. Il loro amore, per ora, è soltanto mentale, parziale: un tavolo a tre gambe – sghembo – e prima o poi andrà sistemato.

Col tempo, Aaron si è fatto convincere da Crystal che, quando lei compirà diciotto anni, loro si sposeranno. Lui lascerà la cittadina inglese in cui abita e la raggiungerà a Cardigan, nel Galles. Insieme compreranno una fattoria sulla costa. Insieme produrranno formaggio, yogurt e latte di capra. Roba buona: biologica. A piedi nudi cammineranno sui prati ricoperti di rugiada mentre le onde, in lontananza, spumeggeranno fra gli scogli.

Questo pensa Aaron. E questo Crystal gli lascia credere, per fortificare la certezza del loro futuro insieme.

È brava ad appagare il suo bisogno d'affetto: a circondarlo di quell'amore che gli è sempre mancato. Qualsiasi amore: fosse anche soltanto un'illusione. Come questa relazione virtuale che, di giorno in giorno, da più di un anno, va in scena nel segreto di due camerette lontanissime fra loro, ma ben unite dalle diavolerie della modernità.

Stanno parlando anche adesso.

«Sarà per sempre, Aaron?»

«Sarà per sempre, Crystal» le risponde lui, rassicurandola.

(...)

Aaron e Crystal si sono conosciuti online, grazie a una risorsa per trovare l'anima gemella. Entrambi avevano impostato il loro profilo in maniera chiara, con una foto del viso e molte altre immagini. Crystal aveva scelto come nome di battaglia TRUE-LOVE-SEEKER. Aaron, invece, LONELYPOP e si era descritto come un ragazzo timido e solitario, affidabile e introverso, amante del mare e appassionato di pattinaggio su ghiaccio più che di calcio. Sul suo profilo, Crystal aveva espresso gusti simili ai suoi. Ed è per questo che Aaron si era fatto avanti per primo mandandole un messaggio.

Da allora, ogni giorno, loro due si scrivono e parlano. Nel farlo, immaginano di sentirsi l'uno accanto all'altra. Hanno perfino imparato ad accarezzarsi, con le parole. Crystal è brava ad ascoltare e, mentre Aaron racconta, gli chiede di stringere fra le mani il piccolo ciondolo che lei gli ha inviato per posta: un cuore d'oro, sul quale un orafo ha inciso i loro nomi in un corsivo lezioso.

I primi messaggi, l'imbarazzo iniziale. Le parole pensate per unire. E la determinazione di Crystal che rifiuta di mostrarsi durante le videochiamate puntando sempre la webcam verso un angolo della sua cameretta: la carta da parati con i fiocchi rosa, una foto di Nathan Sykes, una mensola carica di libri di scuola, una lampada, una scrivania e un mappamondo.

Aaron, invece, non ha mai avuto difficoltà a svelarsi: e quando Crystal ha insistito che si levasse la maglietta per bearsi del suo corpo lui l'ha fatto. Una notte, poi, le pretese sono andate ben oltre.

Ha bisogno di questo Crystal. Della certezza che Aaron sia disposto a tutto per lei. Vuole sentirglielo dire spesso. E lui lo fa. Si è perfino fatto tatuare una farfalla sulla nuca pur di renderla felice. Ma questo non è bastato. E le richieste, sempre più impegnative, si sono susseguite senza sosta: prove d'amore cui Aaron non si è mai sottratto nella speranza che, prima o poi, la sua incondizionata devozione avrebbe convinto Crystal a incontrarlo per davvero e a rendere possibile ciò che a lungo era stato soltanto immaginato.

Invece Crystal continua a nascondere quasi tutto di sé. E, quando Aaron insiste per incontrarla, lei gli spiega che l'attesa accresce il desiderio e supporta la passione. La estende. La dilata.

Soprattutto quando si è soli come Aaron.

Soprattutto quando basta una voce a mandar via il dolore: e a offrire alla mente la fragile illusione della felicità.

Ungheria orientale

IN QUELLO STESSO ISTANTE

Il maestro Borna Barcic è deluso. Nonostante l'ambizione del nome che porta, infatti, il Diretto 285 è un treno modesto e, per giunta, in ritardo. Gli scompartimenti verdi dei pochi vagoni bianchi sono quasi vuoti. Nel raggiungere la prima classe, Borna li attraversa tutti sfiorando i passeggeri con i quali non si è voluto mischiare.

Ad attirare la sua attenzione è una donna che stringe forte tra le dita un rosario di legno: e prega. Porta un maglione a strisce rosa e nere. Le strisce sono grosse, il rosario è antico. Lo si intuisce perché i grani sono diventati lucidi: consumati da milioni di Ave Maria snocciolate con speranza.

Sul finestrino – che lei guarda con occhi assorti – c'è scritto SASI E SUVI FOREVER IN LOVE.

Lungo il corridoio, una lampada al neon sta per fulminarsi ed emette un'intermittenza isterica.

Nessuno se ne cura.

Il vagone di prima classe è deserto.

Adesso Borna è lì: circondato dal silenzio e da confortevoli sedili verde mandorla.

Di minuto in minuto, di ora in ora, il treno attraversa un paesaggio severo che lui sbircia dall'oblò di nitidezza ricavato spazzando via col palmo della mano l'umidità del finestrino. D'improvviso comincia a piovere. Campi di mais rincorrono fattorie abbandonate, tetti disastrati e terra appena arata, ma Borna non prova niente.

A una stazione intermedia, qualche raro passeggero sale fradicio. Lungo il binario, una donna s'infila un dito in bocca per scalzare chissà quale pezzo di cibo rimastole incastrato fra i molari e la guancia. Accanto a lei, un ragazzino si sta pulendo le unghie infiltrate di sporcizia con la punta di un coltello a serramanico.

A mano a mano che il treno procede, le campagne, disseminate di passaggi a livello e imponenti tralicci, si fanno sempre più piatte: proprio come il mare: ma di un diverso colore. Fino a che il treno costeggia un cimitero di lapidi bianche velate di muschio.

La pioggia ha reso i prati freschi e vivi. Le foglie sono diventate lucide. Una sottile nebbia s'è venuta a creare d'intorno. Tutto – adesso – sembra protetto da un'aura misteriosa: soprattutto all'orizzonte.

Spinosi cespugli grondanti di bacche seguono i binari; li si potrebbe toccare: ma i finestrini sono stati chiusi a chiave.

Le stazioncine di paese scorrono, semidiroccate, con i capistazione che – al passaggio del treno – abbandonano il loro gabbiotto e salutano il conducente levandosi il cappello: per animare un poco la noia di una giornata immobile.

Piccoli stagni provvisori macchiano i campi, stormi di uccelli rallegrano i cieli. Una vecchia fabbrica sfiata via un filo di fumo che presto si confonderà fra le nuvole.

Alla stazione di Vasvár non sale e non scende nessuno: ma il treno si ferma lo stesso. Mucche bianche, corvi nerissimi e torrenti rinforzati dalla pioggia accompagnano i binari, insieme alle bandiere rosse di un supermercato la cui presenza nuova si impone a ciò che è stato. I maialini razzolano nel fango fresco del loro porcile, mentre un apicoltore – protetto da tuta fumo e guanti – estrae il miele dalle sue arnie.

A uno snodo ferroviario il treno sfiora un gruppo di operai che, nonostante il freddo, lavorano fra i binari indossando grossi guanti gialli ed elmetti dello stesso colore.

Hanno i volti sporchi di carbone e la fronte imperlata di sudore.

Al passaggio del treno si fermano, avidi di riposo.

Alcuni sono ancora ragazzini.

Borna li guarda e pensa che suo figlio Aaron potrebbe somigliare a uno di loro. Non l'ha mai visto. Non l'ha mai abbracciato: e tutto ciò che sa di lui l'ha soltanto immaginato.

È un attimo. Un istante.

Poi il treno riparte: e la morte viene a prendersi Borna.

"Attacco cardiaco; possibile complicazione dovuta alla malformazione del petto carenato" scriverà il medico legale alla stazione di Zagabria.

Borna è stato trovato in mezzo al corridoio dell'ultimo vagone. È chiaro: ha tentato di raggiungere la seconda classe, per chiedere aiuto. Ma non ha fatto in tempo. E la vita è andata via da lui, abbandonando il suo corpo rigido e scomposto in uno spazio angusto. Una statua di angoscia e di paura, scolpita dalla morte a beneficio degli agenti di polizia che, presto, l'avrebbero fotografata per sistemarla nel loro archivio cimiteriale.

È morto così Borna: nel vagone deserto di un treno in corsa fra Vienna e Zagabria.

È morto da solo, ancor più solo dei suoi genitori, e senza lasciare nostalgia nella mente di nessuno.

PARTE PRIMA

Il destino

Da quali Golia fui concepito,
così grande
e così inutile?

VLADIMIR MAJAKOVSKIJ

(...)

Anja Ancic un marito non l'ha mai avuto. Per evitare complicazioni ha raccontato ad Aaron che suo padre è morto d'infarto, mentre lei era incinta. Un attacco cardiaco. Improvviso. Strano: improbabile in un ragazzo di vent'anni. Una menzogna monumentale. Anzi, no: una bugia da veggente. Perché il padre di Aaron, ieri, è morto d'infarto per davvero.

Anja questo non lo sa. Ed è inquietante che, a furia di essere ripetuta, la sua bugia sia accaduta per davvero. Quasi che lei fosse riuscita a influenzare il destino. A ipnotizzarlo. A fargli fare ciò che voleva.

Aaron di suo padre non sa nulla. E mai ne ha potuto parlare: guai a pretendere ricordi o fotografie! Guai a chiedere il suo nome o il suo cognome! Ogni volta che ha tentato di approfondire l'argomento, Anja ha risposto con le lacrime e la sua depressione è peggiorata. Alla fine, Aaron si è rassegnato a lasciar perdere, rendendosi conto che il prezzo della verità sarebbe stato troppo alto.

Così ha voluto Anja.

Lo ha fatto per proteggere suo figlio da quello stesso dolore che, a trentasei anni, l'ha resa già vecchia, con i capelli brizzolati e il volto sciupato. Scavato dalla magrezza, macchiato dall'incuria e con lo sguardo spento dai troppi farmaci, mandati giù a dirotto nella speranza della serenità.

(...)

Broadstairs è un villaggio inglese arroccato su una scogliera che sfila davanti al Canale della Manica, una piccola Napoli britannica che, agli inizi del Novecento, il signor Morelli scelse per aprire la sua prima gelateria. È passato più di un secolo da allora: eppure quella gelateria si trova ancora lì, con i divanetti rosa, i tavolini bianchi e gli specchi a tappezzare le pareti. Nel frattempo, il gelato Morelli è diventato un'istituzione: soprattutto il gusto *honeycomb*, frutto di una ricetta segreta, tramandata di generazione in generazione.

Broadstairs è proprio un luogo incantevole: uno di quei pochi posti al mondo che piace fin dal primo istante.

Fra le sue strade, costantemente musicate dal verso dei gabbiani, lo zucchero filato è ancora alla moda e lo si prepara di tanti colori. Qui i bambini, con le monetine in tasca, corrono verso il negozio delle caramelle sfuse, raccolte in spessi vasi di vetro. I dolciumi – di cento forme e altrettante tonalità – causano sempre indecisione nei più piccoli: che si trattengono a lungo prima di scegliere una liquirizia arrotolata, un coccodrillo rosso, due girelle verdi e qualche mentina rotonda con il profilo della regina Elisabetta in risalto su entrambi i lati.

È difficile spiegarne la ragione, ma ogni volta che Aaron si ferma a guardare il mare da uno dei tanti belvedere che impreziosiscono la sua cittadina si sente parte di quell'armoniosissimo tutto: specialmente quando, protetto dalla scogliera, cammina verso Ramsgate lungo una spiaggia resa inaffidabile dalle maree.

Ad Aaron piace trovarsi in mezzo alle dispute dei gabbiani che coraggiosamente si contendono quanto la marea, ritirandosi, offre insieme a una schiuma biancastra, densa di sale.

Talvolta, lungo la battigia, a contrastare con l'azzurro del cielo e il grigio della sabbia, appaiono il giallo elettrico di una pallina da tennis o il galleggiante color mattone sfuggito alla rete di un pescatore.

La mattina, il sole sorge proprio lungo la linea dell'orizzonte e pizzica il volto anche in febbraio: quando la marea inizia a ritirarsi e centinaia di stelle marine restano sulla sabbia bagnata, trasformandola in un firmamento terreno.

Aaron ama cominciare le sue giornate in solitudine davanti a chilometri di spiaggia intatta, e testimoniare la serenità nella sua forma più pura.

In queste ultime settimane d'inverno, dopo il lavoro, passeggia spesso verso Ramsgate e ascolta la cantilena delle onde lasciandosi ipnotizzare dal loro sciabordio.

Passo dopo passo, la scogliera diventa sempre più imponente: e la spiaggia si slarga, fino a che l'antico porto di Ramsgate appare in lontananza, proprio mentre una grossa nave bianca annuncia la sua partenza per Ostenda con un fischio cupo.

Quando Aaron ritorna a Broadstairs, sua madre lo attende in silenzio. Lui domanda: Anja risponde. Dice di sì. Dice di no. Raramente spiega il perché.

La loro casa è piccola. La loro vita minima. Tanto lavoro e tanto sacrificio per pagare un mutuo grazie al quale, in un lontano futuro, diventeranno proprietari dell'appartamento in cui abitano.

Tirano avanti con poco. Venti sterline al giorno: che devono bastare per il cibo, per i vestiti, e per tutti gli imprevisti che la vita impone.

Con venti sterline al giorno, vivere è complicato.

Quando i soldi sono così pochi, le giornate tendono a confondersi nella memoria: ci si sveglia molto presto al mattino, si va al lavoro, si ritorna a casa, si cucina, si cena, si riordina e si guarda la televisione. Qualche volta Aaron va a giocare a biliardo con Gennarino che, come lui, si guadagna da vivere nella gelateria Morelli ed è il figlio senza padre di un'immigrata.

Al contrario di sua madre – che la depressione ormeggia al pessimismo e al disincanto –, Aaron ha imparato a emozionarsi per tutto: allenando gli occhi a scorgere la meraviglia ovunque e a smaltare di entusiasmo le brutture della povertà.

Bastano inezie a farlo sorridere: le nuotate d'estate, lo sferzare del vento in inverno, i libri presi in prestito nella biblioteca comunale, la cieca pienezza della Luna, e il gusto lasciato in bocca dal gelato al mandarino. Basta questo. Questo soltanto. Perché Aaron è un ragazzo semplice. Orgoglioso di poter lavorare come apprendista in una tra le più famose gelaterie di tutto il Regno Unito.

(...)

I poster che affollano le pareti della cameretta di Aaron servono principalmente a nascondere i koala della carta da parati, ma testimoniano anche la varietà del suo animo complesso. Ci sono: il pattinatore Brian Joubert, i fari delle isole Shetland, una foto di Samuel Beckett e il volto di James Dean che spunta da un maglione.

La porta è sempre chiusa a chiave.

Un privilegio – quest'angolo di segretezza – ottenuto a suon di pianti e di litigi. Ma Aaron non poteva permettere che Anja entrasse pure lì dentro, oltre che in tutto il resto della sua vita.

Lei: una presenza dolorosa e costante. Una donna capace di impedirgli, perfino, di iscriversi a scuola guida per paura degli incidenti stradali.

Una madre del genere finisce per insinuarsi ovunque. I suoi progetti diventano i tuoi, i pianti quotidiani un'abitudine, e le nevrosi un espediente costante per attirare l'attenzione. Una madre così sceglie che devi smettere di studiare e lavorare come apprendista nella gelateria del signor Morelli. Decide che prima di ogni altra cosa viene il mutuo: e ti convince a far accreditare lo stipendio sul suo conto in banca, lasciandoti a disposizione soltanto gli spiccioli delle mance. Nella sua mente, al centro di tutto, c'è la casa: una prigione accogliente per la quale vale la pena lavorare come cassiera – nel vicino supermercato – otto, nove, e qualche volta dieci ore al giorno.

Pur di pagare il mutuo si rinuncia a tutto, ma non al cibo sano: perché Anja è convinta che bisogna mangiare bene, altrimenti ci si ammala. Non ci sono soldi per il cinema, non ci sono soldi per i vestiti alla moda: né ce ne sono mai stati per la psicoterapia.

Fortuna che, ogni anno, arrivano le ferie: giorni liberi, felici, durante i quali Anja autorizza Aaron a visitare il resto dell'Inghilterra in compagnia dei suoi colleghi. Sempre in inverno, purtroppo, e mai in estate: quando la gelateria si affolla di turisti che, a Broadstairs, giungono da ogni dove per ammirare il mare e la Francia, sottile come un filo, in lontananza.

L'anno scorso Aaron, Gennarino e gli altri gelatai hanno visitato la costa Sud dell'Inghilterra. Giorni diversi, capaci di trasmettere la speranza di una vita più libera e migliore. Mai prima di quel giorno Aaron si era sentito così intero: unico e indipendente. È capitato lungo il molo di Brighton: con le giostre ancora in letargo e un cartoccio di fish and chips stretto fra le mani.

Il tramonto era così rosso da sembrare innaturale. Ed è stato proprio allora che Aaron si è accorto di quanto più intensa la sua esistenza sarebbe potuta essere se fosse stato libero di viverla a modo proprio.

Anja odia gli amici e odia le ferie. Ma, soprattutto, odia gli amici e le ferie di suo figlio. Sa che, a causa loro, Aaron le sfuggirà di mano. E che, presto, lei rimarrà sola.

Anzi: solissima.

(...)

Una speciale suoneria annuncia ad Aaron che Crystal ha appena inviato un messaggio. È strano. Di solito aspetta le nove. Sa che a quest'ora lui e sua madre stanno cenando insieme.

Anja solleva lo sguardo. Non parla: ma dice tutto.

E Aaron spegne il telefono.

«Sono proprio buoni questi spinaci» bisbiglia per smorzare la tensione. Parole che risuonano nel vuoto come i pochi spiccioli di un salvadanaio.

«Li ho fatti rosolare con le mandorle tritate e l'uva passa» risponde Anja.

Poi il silenzio ritorna a valorizzare i sorsi d'acqua e il tintinnio delle posate contro i piatti. Rumori minimi, che in casa Ancic hanno sempre trovato le condizioni ottimali per diventare protagonisti.

Il purè di patate. I cavolini di Bruxelles lucidi di burro. Lo spezzatino giallo di curry.

«Alla fine del turno, il direttore del supermercato mi ha regalato questa scatola di biscotti al burro perché scadono oggi: e domani non li si potrà più vendere. Li produce il principe Carlo, nella sua tenuta in Cornovaglia.»

Aaron li guarda: sono grandi, rotondi, con uno stemma

regale inciso al centro. Vorrebbe assaggiarli, ma ha fretta di parlare con Crystal. Anja, invece, ne prende uno: lo spezza come un'ostia sacerdotale e ne offre la metà a suo figlio.

Un gusto intenso di burro e limone seduce fin da subito il palato di entrambi, sorprendendoli. Poco dopo, Aaron comincia a sparecchiare.

È più rapido ed efficiente del solito: e sua madre se ne accorge.

«Perché tanta fretta?»

«Gennarino ha bisogno che lo richiami. Sembra una cosa urgente.»

«Allora vai pure. Finisco io di lavare i piatti.»

A passi svelti, Aaron raggiunge la sua cameretta: chiude la porta a chiave e, con impazienza, legge il messaggio mandato da Crystal.

"Chiamami subito" c'è scritto.

(...)

Ormai da qualche mese Aaron fatica a sopportare il fatto che Crystal si ostini a rifiutare di incontrarlo. Pure oggi ha provato a convincerla. È stato dolce. È stato persuasivo. Ma nemmeno questa volta ha avuto successo. Nulla è mai servito. Con una scusa o con un'altra Crystal ha sempre ottenuto di rimandare il loro incontro: rassicurandolo sul fatto che, presto, sarebbe avvenuto per davvero.

I suoi grandi alleati sono la timidezza, gli impegni con la scuola, la nonna che sta male, ma soprattutto la distanza tra Broadstairs e Cardigan, posate dal destino ai lati estremi della Gran Bretagna: quasi cinquecento chilometri che tre cambi ferroviari e un tragitto in autobus trasformano in un viaggio di dieci ore: impossibile da compiersi in segreto, senza che i genitori di Crystal e Aaron se ne accorgano.

«*'A cera se struje e 'o muorto nun cammina!*»

«Che significa?» chiede Aaron a Gennarino: l'unica figura maschile capace di colmare, seppure in parte, il vuoto lasciato dall'assenza di suo padre.

«Vuol dire che qui stiamo andando per le lunghe. Più di un anno e ancora non vi siete visti di persona! *Aròn: tu sì proprio fess'*. Mo' basta tergiversare: devi prenderla per il collo: o accetta di incontrarti o la mandi a quel paese. *Understand?*»

«Ma io gliel'ho chiesto anche ieri: ho insistito. Ero quasi riuscito a convincerla: invece alla fine, come al solito, ha tirato fuori la scusa numero mille!»

«Amico mio: sto fidanzamento tuo è altamente paradossale: senza contare che la ragazza in questione rifiuta di rivelarti come si chiama di cognome e non ti svela nemmeno i suoi profili social. Insomma, esiste solo online nel sito per incontri sul quale vi siete conosciuti.»

«Ma Crystal i social non li usa. Ha detto che non le piacciono.»

«*Aròn*, dimmi la verità: hai mai sentito parlare di una sedicenne senza Instagram? Secondo me Crystal vuole farti credere di essere talmente bella da far fermare gli orologi: e invece, magari, è un cesso. Non ci avevi pensato? Altrimenti per quale motivo continuerebbe a rifiutare di mostrarsi?»

«Perché lei è timida...»

«Ma quale timidezza! *A merda sott'a neve nun se vede!* Ecco come stanno le cose: ti sta mentendo.»

«Ma le foto che mi ha mandato sono vere: e in tutte lei è bellissima!»

«E va bene. Saranno foto vecchie! Chissà, magari nel frattempo s'è ingrassata a dismisura: e proprio per questo non si fa vedere! Ma tu vuoi veramente continuare a fare il *quacquariéllo* suo? Da oggi, come si dice a Napoli, friggi e mangia. Insomma, *Aròn*, devi tirare fuori i coglioni: dirle che, se vorrà continuare a parlare con te, quantomeno dovrà mostrarsi. Niente più scuse. Niente più webcam puntata contro il muro. Devi vederla in viso. Darle un ultimatum. O vi incontrate o basta! Altrimenti qui l'acqua scarseggia e *'a papera nun galleggia. Understand?*

E *statte accuorto* che il mondo è pieno di *Cat' Fish.*»

«*Catfish?* Vuoi dire pesci gatto?»

«Macché pesci e pesci. *Cat' Fish*: gente squilibrata che online finge di essere qualcun altro. Impostori.

Perfino su Facebook pare ci siano milioni di profili falsi. Figuriamoci in chat come queste, dove la maruffa è all'ordine del giorno! Amico mio, datti 'na svegliata! Pretendi fatti. Prove.»

È stato così che, quella sera, influenzato dalle vivide parole di Gennarino, Aaron ha finalmente trovato il coraggio di imporsi. Ha detto a Crystal che era stufo di tanto mistero. Ha alzato la voce. Ha usato un tono nuovo, da uomo. E questo, a lei, non dev'essere piaciuto. Tanto che da giorni, ormai, non risponde più né al telefono né ai messaggi. Chissà, forse sta punendo Aaron per aver preteso di vederla: o, magari, vuole assicurarsi che lui non si permetta più di rivolgersi a lei in quel modo.

Ma perché?

Perché Crystal è scomparsa? Per quanto tempo non si farà sentire? Aaron se lo domanda di continuo mentre i bambini, in punta di piedi, si attardano davanti al mosaico di vaschette colorate che la gelateria Morelli, da più di un secolo, riempie di bontà.

"Perché?" si domanda Aaron – di cono in cono – sempre più incerto e tormentato.

Il guaio è che quando non ci si può guardare negli occhi diventa difficile capire le intenzioni degli altri. Perché la voce può pure riuscire a mentire. Gli occhi, invece, non ci riescono quasi mai.

(...)

Adesso Aaron e Anja stanno camminando per le stradine di Broadstairs, da tempo fuori stagione e senza più turisti. Un cinemino con pochissime poltrone espone nella sua vetrinetta unta di salsedine la locandina del film *Father and Son*, del regista giapponese Hirozaku Kore'eda.

In lontananza, su una piccola collina, la tetra villa che ispirò Charles Dickens per il romanzo *Bleak House* sembra davvero infestata dai fantasmi. Un gabbiano troneggia con fierezza sull'insegna di un pub e osserva con sospetto la bambina che, poco lontano, salta di gioia stringendo forte a sé la scimmietta spaziale abilmente pescata da suo padre in una delle tante macchinette acchiappa-pupazzi che trattengono Broadstairs nel passato.

«Perché non prendiamo un cartoccio di fish and chips e andiamo a mangiarlo in spiaggia?» domanda Aaron a sua madre: ma Anja non risponde e continua a camminare verso casa. Fino a quando si accorge che, lungo la strada, proprio davanti alla friggitoria, è stata persa una sterlina nuova di zecca. È lucida, dorata: e sarebbe davvero un peccato lasciarla lì. Allora si china e, con le dita, tenta di raccoglierla. Ma la moneta non si lascia prendere perché è stata saldamente incollata al marciapiedi da un gruppo di adolescenti: che, nel frattempo, hanno cominciato a ridere e stanno filmando tutto con i loro telefonini.

«Basta! Smettetela!» urla Aaron. Ma i ragazzini continuano a filmare. Anche quando Anja scoppia a piangere. È diventata talmente fragile, ormai, che basta questo a farla precipitare nello sconforto.

«Andate via, maledetti!» strilla Aaron a quel gruppo di impertinenti. Ma i ragazzini continuano a ridere e a filmare: perché la loro gioia, inspiegabilmente, riesce a nascere dal dolore degli altri.

(...)

Cinque giorni: mai il silenzio punitivo di Crystal è durato tanto a lungo: muto, come il vuoto di una miniera abbandonata e capace di far rimbombare i pensieri, grondandoli di buio e alterandoli con una febbre che appesantisce la mente di Aaron nella gelateria del signor Morelli, mentre lui, tra un cono e l'altro, con indosso un grembiule a strisce bianche e rosse, si interroga, senza tregua, sul da farsi.

Perché?

Perché Crystal continua a punirlo sempre più severamente ogni volta che lui osa pretendere di incontrarla? Perché il suo legittimo desiderio di rendere reale il loro rapporto la indispone a tal punto da far scattare in lei il meccanismo dell'isolamento? Maledetto Gennarino e i suoi consigli infiammatori! Eccolo! Eccolo, ora, il risultato! Cinque giorni di inspiegabile silenzio, talmente pieno e denso da aderire a ogni pensiero come il petrolio fa con le ali dei cormorani. Un lutto, una morte provvisoria che Crystal inscena di volta in volta, pur di convincere Aaron ad accontentarsi della sua voce e delle sue parole: fino a quando non si sentirà pronta a incontrarlo per davvero.

"Ai messaggi non risponde. Il telefono è staccato. Non so nemmeno dove abiti. Non posso andare a cercarla: né bussare alla sua porta, o pretendere di essere ascoltato. È come se Crystal non esistesse più."

Questo pensa Aaron circondato dagli specchi della gelateria, in cui l'assenza di clienti – propria della stagione invernale – amplifica ogni pensiero, impedendo la forzata distrazione del dover fare.

A casa, poi, tutto viene regolarmente aggravato da Anja. Sempre stanca. Sempre depressa. Sempre meno interessata alla vita di Aaron e, per coerenza, anche alla propria.

Mai lei era riuscita ad amare appieno quel figlio non scelto, arrivato a complicarle l'esistenza e a scombinarla. Eppure non se n'era voluta sbarazzare. Era molto religiosa e uccidere qualcosa di già vivo l'avrebbe fatta sentire un'assassina. È vero, avrebbe potuto offrire il neonato in adozione, come sua madre e suo padre avevano suggerito di fare. Ma quella parte di sé che c'era in Aaron, Anja non era disposta a darla via. Sarebbe stata un'amputazione, uno strappo, e avrebbe generato un vuoto impossibile da colmare. E così, alla fine, in un contrasto di sentimenti, si era decisa a generarlo e a crescerlo. Senza mai provare odio per lui, ma nemmeno amore.

Non era riuscita a emozionarsi neppure quando l'ostetrica glielo aveva messo tra le mani, per la prima volta: un fagotto ricoperto di sangue, che era stato necessario sculacciare quattro o cinque volte: perché Aaron non piangeva e sembrava avesse paura di nascere.

Nel vederlo, Anja aveva rigurgitato: succhi gastrici e bile, perché era digiuna.

«Non si preoccupi, signorina. È una cosa normale. Capita a molte mamme dopo un travaglio tanto lungo. Soprattutto alle giovani primipare come lei» precisò l'ostetrica – anche se non era vero – per levarla dall'imbarazzo.

Ecco com'erano andate le cose. Il vomito di Anja, le carezze dure, quasi imposte: e il suo voltarsi dall'altra parte, per paura di incontrare lo sguardo di quella creatura nell'irripetibile momento dell'imprinting. Queste le prime immagini che Aaron ebbe di sua madre: introvabili nella memoria, eppure saldamente radicate nell'inconscio, tanto da renderlo bisognoso di essere amato a qualunque costo e a qualunque condizione. Briciole d'amore da Crystal e briciole d'amore da sua madre: che lui pazientemente raccoglieva come i clochard fanno con i mozziconi delle sigarette: svuotati del poco tabacco che contengono nel prolungato impegno di formare un'intera sigaretta necessaria a placare, almeno per un poco, quell'irrefrenabile pulsione che in loro era vizio e in Aaron, invece, una necessità fondamentale.

(...)

Finalmente, le ferie di Aaron stanno per cominciare.

Presto, lui potrà tornare a Brighton e trascorrere giorni perfetti in compagnia di Gennarino e degli altri gelatai.

Non sa che il destino sta per sfidarlo. Nemmeno lo immagina. Perché tutto scorre, più o meno serenamente, fino a quando il fiume incontra un dislivello: e d'improvviso si formano le cascate. Capita così, di punto in bianco: il loro grandioso tumulto travolge tutto.

Uno spettacolo indimenticabile ad ammirarlo da lontano: un'esperienza drammatica per chi, su quel fiume, era abituato, da tempo, a navigare.

(...)

Adesso un furgone bianco e rosso si è fermato davanti al numero 34 di Albion Road a Broadstairs. Il guidatore parcheggia in doppia fila, lascia il motore acceso e scende. Tiene in mano una busta voluminosa con il logo della compagnia per cui lavora stampato bene in vista. È piccolo di statura, a passi svelti raggiunge il citofono e cerca il cognome ANCIC. I tasti sono incrostati dall'aria di mare e corrosi dalla salsedine.

Suona.

Il sibilo graffiante di una voce incomprensibile complica la comunicazione.

Il portone si apre.

Senza affaticarsi, il ragazzo sale gli scalini a due a due.

Presto Aaron se lo ritrova davanti, fiero dei tatuaggi che da una maglietta rossa spuntano come rami d'albero a ornargli braccia e collo.

«Aaron Ancic?»

«Sì, sono io.»

In cambio della busta il ragazzo chiede soltanto una firma. Poi saluta e se ne va.

La lettera proviene da Zagabria: la città in cui Aaron e sua madre sono nati.

A mandarla è il notaio Dano Porcic.

Aaron guarda la busta e la soppesa.

URGENTISSIMO c'è scritto.

Prima di aprirla, con le dita, cerca di intuire la sagoma di ciò che presto esploderà nel biancore da manicomio della sua cucina, mandando in frantumi la palla di cristallo in cui Anja ha tentato di proteggerlo durante i primi diciotto anni della sua vita.

Perché è così che la vita è architettata. Basta un barattolo di trippa scelto male fra quelli esposti in un supermercato, basta comprare un biglietto di prima classe sul treno sbagliato: basta nulla, insomma, per stravolgere ogni cosa e ricordarci che, in fondo, siamo tutti equilibristi da circo: acrobati inconsapevoli che, a fatica, camminano sul filo del destino, lungo il corso dell'abisso.

(...)

Per quanto instabile possa poi essere, si impiegano anni a trovare un equilibrio capace di rassicurare le giornate. Una simmetria che, nel caso di Anja e Aaron, è rappresentata da un binario ferroviario unico, incapace di curve o deviazioni.

In casi del genere, tutto procede bene fino a quando un altro treno comincia a viaggiare su quello stesso binario: ma nella direzione opposta. Un treno già da tempo in rotta di collisione, e tuttavia invisibile: perché nascosto dalla linea dell'orizzonte.

Poi, d'improvviso, lo scontro e il deragliamento.

Ad Aaron è appena successo questo.

La misteriosa lettera del notaio Porcic gli annuncia la morte di un padre che lui credeva già morto: e lo invita a recarsi a Zagabria per l'apertura del testamento.

(...)

«Tuo padre è morto d'infarto mentre ero incinta.»

Una frase unica e sola che Anja ha sempre ripetuto ad Aaron rifiutandosi di approfondire.

«Non c'è altro da sapere: tanto ormai è morto» concludeva.

Punto e basta.

Ed è proprio vero che una bocca chiusa ne stanca cento: altrimenti Aaron non avrebbe mai accettato la mancanza di suo padre come un fatto irrevocabile, consegnando all'oblio il bisogno di verità: rimasto sepolto, in lui, e blindato fino al momento in cui la lettera del notaio Porcic – stampata su una sottile carta celestina – era stata recapitata, svelandogli che il testamento di suo padre – morto appena qualche giorno prima – sarebbe stato aperto a Zagabria in una data da concordare.

Il notaio avrebbe preferito proporre un viaggio in aereo: invece il padre di Aaron aveva disposto che suo figlio raggiungesse Zagabria in treno prendendosi "tutto il tempo necessario per visitare e conoscere l'Europa dell'Est".

Il notaio, pertanto, aveva spedito ad Aaron un biglietto di Interrail valido per due settimane dal primo utilizzo, un voucher per poter soggiornare due notti all'Hotel Esplanade di Zagabria e cinquecento sterline in traveller's cheque necessari a coprire le restanti spese di vitto e di soggiorno.

Partire. Incontrarsi col mondo. Scoprire la verità.

Sì: ma quando?

Aaron si rende conto che sua madre non lo permetterà mai. E che se lui le racconterà ogni cosa, lei farà coriandoli di quella lettera rivelatoria: e li butterà dalla finestra.

Bisognerà tenerle tutto nascosto, allora.

Trovare un modo per raggiungere Zagabria a sua insaputa.

Sì: ma come?

Sulla lettera del notaio c'è stampato un numero di telefono.

Da un momento all'altro sua madre sarà a casa.

003851... Istintivamente Aaron comincia a comporlo cifra per cifra. Ma poi si ferma. Meglio parlarne prima con Gennarino.

Gli darà appuntamento, al tramonto, davanti al mare, sotto l'imponente scalinata che, arrampicandosi lungo la scogliera, collega la spiaggia a Broadstairs, dove, nel giugno del 1815, il maggiore Percy arrivò a bordo di una barca a remi: portando con sé il dispaccio che annunciava agli inglesi la sconfitta di Napoleone nella battaglia di Waterloo.

Il maggiore Percy: proprio come il ragazzo del corriere espresso; arrivato da solo, però, via terra, a bordo del suo furgone, ignaro di quali sconfitte e di quali vittorie – duecento anni dopo – si era fatto portatore.

(...)

Gennarino si porta le mani alla testa: «Non ci posso credere!» dice mentre, sfruttando la luce di un lampione, legge a fatica la lettera firmata dal notaio Porcic di Zagabria.

C'è molto vento e la sabbia graffia il volto.

«Gennarino, che si fa?»

«*Nun 'o saccio, Aròn.* Dammi tempo. Devo pensare.»

Ma Aaron continua a domandare.

Perché la madre gli ha mentito? Perché gli ha fatto credere che suo padre fosse già morto? Ma, soprattutto: perché quest'uomo non si è fatto mai sentire nemmeno una volta nella vita?

Gennarino si allontana e cammina verso il mare.

«*Cos'e pazz'!*» bisbiglia fra sé e sé.

E intanto pensa.

È bravo a risolvere i problemi. Non ha ancora compiuto vent'anni, ma la sua spiccata intelligenza emotiva gli permette di trovare soluzioni sempre creative e fantasiose.

«Gennarino! Allora: che si fa?»

A Gennarino piace sentirsi indispensabile.

Forse per questo si attarda un po' prima di rispondere.

«Amico mio, qua s'è *scumbinata 'a grammatica.*

Al momento, l'unico fatto certo è che tuo padre è morto per davvero: quindi condoglianze. L'altra questione innegabile è che Zagabria è lontanissima e andarci in treno, senza che tua madre se ne accorga, è praticamente impossibile.»

Gennarino si accarezza i folti ricci neri e aggrotta le sopracciglia.

«A meno che...»

«A meno che... cosa?»

«Be'... quando tua madre ci accompagnerà alla stazione di Broadstairs per le nostre vacanze a Brighton tu – anziché proseguire con noi – potresti scendere a Dover e prendere il traghetto per il Continente. Il biglietto del treno te l'ha mandato il notaio. I soldi per mangiare e dormire pure: e qualcosa posso prestartela io. In più ci sono le mance ancora da dividere...»

Aaron ci pensa su.

«L'idea è buona. Ma se durante il viaggio mamma mi chiamasse e chiedesse di parlare con te?»

«In quel caso ti toccherà trovare *una pezza a colore.*»

«*Una pezza a colore?* Smettila di parlare in napoletano! Lo sai che mi innervosisce perché non ti capisco!»

«Eh! *Vabbuono!*» risponde Gennarino, spiegando ad Aaron che, con sua madre, gli toccherà trovare, di volta in volta, una scusa sempre nuova e adatta alle circostanze.

«E al ritorno?»

«Invertendo l'ordine dei fattori il prodotto non cambia. Ci ritroveremo il ventidue marzo alla stazione di Gatwick e ritorneremo a Broadstairs tutti insieme: come se nulla fosse accaduto. Credimi: tua madre è talmente rintontita dagli psicofarmaci che non si accorgerà di niente.»

«E se fosse pericoloso? Magari mio padre era un criminale: e proprio per questo mamma ha fatto di tutto per tenermi lontano da lui.»

«Se davvero tuo padre era pericoloso, adesso è morto: e non potrà più farti del male. Invece, se era milionario, te ne torni a Broadstairs con le tasche piene di soldi. Ma per scoprirlo ti tocca rischiare! Altrimenti, pure questa volta, finisce tutto a Gesù e niente a Maria: come è capitato con la tua fidanzata del Galles: quella che nemmeno la morte – se viene – la trova.

A proposito: si è fatta risentire?»

«No. Non chiama. Non risponde. È come se non esistesse più...»

«Te l'avevo detto io! Era solo un'imbrogliona. È bastato metterla alle strette per farla scappare!»

Aaron ascolta con rassegnazione. Da quando è arrivata la lettera da Zagabria – da quando ha scoperto che suo padre era vivo fino all'altro giorno – lo spazio per Crystal si è drasticamente ridotto nella sua mente.

Mancano poco più di dieci giorni alle vacanze. Alla partenza per Brighton.

«E se fosse troppo tardi? Se il notaio non accettasse di aspettare tanto a lungo?»

«Chiamalo domani» suggerisce Gennarino. «Spiegagli la situazione. Quella è *gente d'affari*: ha dimestichezza col compromesso. Vedrai che una soluzione si trova. Ma telefona di nascosto. Quando ritorni a casa, poi, comportati come se niente fosse: e non azzardarti a fare domande su tuo padre!»

Aaron è agitato e nervosamente si mangia le pellicine attorno alle unghie. Abbracciandolo, Gennarino lo incoraggia e, per distrarlo da quel turbine di pensieri, lo invita ad andare al cinema. «Danno *La grande bellezza*, dicono che vincerà l'Oscar. Vieni con me. Vedrai, ti farà bene.»

PARTE SECONDA
La verità

Dove trovare un'amata uguale a me?
Angusto sarebbe il cielo per contenerla!

VLADIMIR MAJAKOVSKIJ

(...)

Adesso Aaron si trova alla stazione di Broadstairs. È agitato, ma non lo dà a vedere. Attende che il treno si materializzi lì, lungo il binario, per strapparlo al presente e condurlo verso il suo passato negato.

Accanto a lui, Anja ignora ciò che Gennarino ha architettato. Per quanto la riguarda, suo figlio sta andando in vacanza a Brighton, con i colleghi della gelateria, proprio come l'anno scorso. Non immagina che – mentre tutti gli altri resteranno a bordo – Aaron scenderà a Dover: da lì s'imbarcherà per la Francia e, una volta raggiunta Calais, comincerà un lungo viaggio in treno verso la Croazia, per presenziare all'apertura del testamento di suo padre.

Ignara di tutto, lo abbraccia e si raccomanda a lui. Al suo buon senso: «Non prendere freddo, non fumare la marijuana e non ubriacarti».

Solo questo la preoccupa.

Nel silenzio della mente, in attesa che il treno arrivi, Aaron ricorda la telefonata con il notaio Porcic di Zagabria, chiamato in gran segreto l'ultimo giorno di febbraio da una cabina telefonica poco lontana dalla gelateria. A causa della distanza, i pence e le sterline scendevano in fretta e bisognava inserirne di continuo per evitare che la conversazione s'interrompesse: «Signor Ancic, comprendo benissimo le ragioni che la costringono a ritardare il nostro incontro e la aspetto qui a Zagabria il ventun marzo – come da lei proposto – per l'apertura del testamento di suo padre. Sarà cura della mia segretaria prenotarle fin da ora un biglietto aereo per il suo ritorno in Inghilterra, la mattina del giorno seguente» aveva concluso il notaio Porcic, tossendo spesso tra una parola e l'altra, perché era raffreddato e, nonostante tutto, continuava a lavorare.

Alle quattro del pomeriggio, i binari della stazione di Broadstairs sono vuoti di passeggeri, ma pieni di gabbiani che sembrano attendere il treno: quasi stiano decidendo se accompagnare Aaron nella sua piccola odissea.

"Broadstairs, stazione di Broadstairs: il treno in partenza al secondo binario è diretto a Londra, dove saranno disponibili le coincidenze per Brighton, Cardiff e York. Si ricorda che i signori viaggiatori in possesso d'un biglietto di seconda classe non potranno viaggiare in prima." Una precisazione inadatta all'onestà di Aaron.

Il viaggio per Dover è breve.

Durante il tragitto, Gennarino tiene banco e tutti ridono delle sue battute: tranne Aaron, che si sta maledicendo per aver dimenticato a casa lo smartphone. Accidenti! È troppo tardi, ora, per ritornare a prenderlo. Ma dovrà scrivere a Crystal. Informarla, appena possibile, che il telefono non sarà con lui per i prossimi giorni – casomai lei decidesse di interrompere il suo silenzio e, finalmente, perdonarlo. Sono più di due settimane, ormai, che è scomparsa. Aaron sente la sua mancanza come una febbre, perché nella clessidra quasi vuota della sua vita quel granello di sabbia c'era e dava un senso al tutto: evitando il vuoto e il rimbombare di ogni istante.

Presto, il treno entra a Dover e comincia a rallentare.

Aaron imbraccia lo zaino, saluta gli amici e si prepara a scendere.

Auguri. Raccomandazioni. Abbracci.

«Torna ricco!» gli strilla Gennarino fra le porte che si chiudono. Ma non è questo che Aaron spera.

Più di tutto, vuole conoscere la verità su suo padre e rispondere alle domande che si porta dentro: sedate e calcificate dal silenzio di Anja, ma rimaste sempre vive nel sopore della mente.

(...)

Fin da bambino Aaron ha creduto che Dover fosse un luogo grandioso. Mille e mille volte ha immaginato le sue bianche scogliere estendersi a strapiombo lungo il Canale della Manica e i traghetti fare laboriosamente la spola tra la costa inglese e quella francese. Invece, Dover gli sembra fin da subito una città fantasma. Il suo castello – in lontananza – è tetro e oscuro.

Fa freddo: e il vento è così forte da scombinare le tegole sui tetti, che sono intaccati da un muschio ispido e dalla muffa. D'intorno, le vetrine dei negozi, incrostate di salsedine e d'incuria, espongono in bella vista diari e quaderni da tempo invenduti: sbiaditi dal sole e gonfi di umidità.

Poco distante dal porto, il caffè parrocchiale Dei Cristiani ha i tavoli vuoti e le tovaglie rosa confetto. Un calendario, con un foglio per ciascun giorno dell'anno, mostra in rosso un numero stampato in grande. La cioccolata in tazza costa poco: è calda, ma annacquata. A servirla è un'anziana donna in sovrappeso. La poggia sul tavolo bruscamente, senza troppi salamelecchi. C'è un forte odore di chiuso. Il tepore flebile dispensato da un'unica stufa a gas è insufficiente alla stagione e la radio trasmette l'*Ave Verum* di Mozart, seguito dal notiziario.

Mentre beve la cioccolata, Aaron guarda più volte l'orologio. Vuole essere sicuro di raggiungere il porto in tempo per salire a bordo del traghetto che, presto, lo condurrà in Francia. Fra le tante notizie del radiogiornale, spicca il fatto che quattordici nazioni dei Caraibi abbiano fatto causa al Regno Unito, ai Paesi Bassi e alla Francia per i danni provocati al loro popolo durante la tratta atlantica degli schiavi. Chiedono scuse pubbliche, la cancellazione del debito e fondi per progetti educativi e culturali.

"Più di duecento anni, senza perdono: le ingiustizie non scadono. Sono ferite aperte. S'infettano se non vengono curate e chiuse. Fino a incancrenirsi" commenta un professore di Cambridge in collegamento telefonico. Subito dopo, Aaron si leva in piedi perché ormai è tardi. Compra una bustina di albicocche secche, un quaderno bianco e una mappa dell'Europa.

Davanti alla cassa, i biglietti augurali per i venticinque anni di matrimonio si svendono in saldi.

Al tramonto, col buio che s'annuncia, la camminata verso il porto si trasforma in una sfilza di degrado. Molte insegne sono sdentate da lettere mancanti e i tanti vetri che compongono il mosaico delle cabine telefoniche rosse sono incrostati dal guano dei gabbiani.

Un gran numero di negozi ha chiuso per sempre.

CEDESI ATTIVITÀ recitano tanti cartelli.

Aaron continua a camminare.

In lontananza, diffusi da potenti altoparlanti, si odono gli annunci delle navi in arrivo e di quelle in partenza. Una voce cantilenante li ripete sia in inglese che in francese, scandendo bene ogni parola.

Ed eccole le bianche scogliere di Dover: ormai grigie, in verità, per il troppo inquinamento che le ammala. Sono belle, sì: ma circondate da tanta disarmonia che Aaron non riesce a emozionarsi. Nel vederle lì, assediate da nerissimi fumi e da un porto soffocante, prova pena per loro.

Pochi minuti più tardi, sul ponte della nave, Aaron srotola davanti a sé la mappa d'Europa acquistata nel Caffè Dei Cristiani e comincia a ipotizzare l'itinerario del suo viaggio, che il biglietto di Interrail inviato dal notaio Porcic apre a mille possibilità.

Amburgo, Praga, Lubiana e Vienna: queste le città scelte, cerchiandole a matita, mentre la motonave viene liberata dagli ormeggi e, con rumore, si prepara a salpare.

(...)

È la prima volta che Aaron lascia l'Inghilterra e naviga verso la Francia: vista ogni giorno, oltre il mare, dalla finestra della sua cameretta di Broadstairs. A mano a mano che il traghetto si allontana, le scogliere di Dover rimpiccioliscono alla vista: e le luci della città scompaiono. Resta solo uno spicchio di luna a illuminare la notte mentre Aaron, appoggiato al parapetto di prua, inizia a nutrire di determinazione il suo bisogno di verità.

Fa freddo in alto mare, ma lui resta lì, controvento, fino a quando il traghetto attracca a Calais e i suoi cavi d'ormeggio vengono assicurati da mani stanche a grosse bitte arrugginite.

Affrontati col batticuore i ripidi gradini di una scalinata cigolante, Aaron sbarca in Francia: e per la prima volta sente sotto di sé la terra continentale. Il suolo d'Europa.

È una sensazione nuova. Che lo fa sentire uomo.

Fragile, sguarnito: ma finalmente libero.

(...)

Il treno notturno per Amburgo partirà dalla stazione di Calais a mezzanotte. Eppure è già lì: pronto ad accogliere i suoi passeggeri. Per non viaggiare seduto, Aaron ha prenotato a poco prezzo una cuccetta in uno scompartimento da condividere con altri cinque ragazzi. Sono tutti francesi, vengono da Divion, un paesino poco lontano, e hanno pressappoco la sua età. La loro lingua è in discesa: monotona. Rotola sempre verso l'ultima sillaba.

Silenzio. Poco spazio. Zaini. Occhi che scrutano. In quell'affollato formicaio ferroviario, Aaron si sente un intruso. I suoi compagni di viaggio, invece – abituati da tempo alla condivisione di spazi ed emozioni –, percepiscono la sua presenza come un'opportunità. Soprattutto Bertrand, che sorride e si affretta a salutarlo: dandogli il benvenuto come se il treno fosse casa sua. È un leader, guarda dritto negli occhi e la sua stretta di mano trasmette autorevolezza: «Mi chiamo Bertrand, e questi sono i miei amici: Cyril, Aubin, Briac e Lucien».

Nello stringere loro la mano, Aaron si rende conto che sono molto diversi da lui. Eppure, grazie alla forzata intimità degli spazi angusti, presto si ritroveranno a ridere insieme.

I ragazzi francesi sono già stati ad Amburgo e hanno molto da raccontare in proposito. Aaron li ascolta con impazienza. È curioso. Interroga. Domanda.

Felice di accontentarlo, Bertrand comincia a descrivergli la città così come lui l'ha conosciuta. Non parla, dunque, del fiume Elba: né delle ville che rendono bianchissimo il quartiere di Blankenese. Per lui Amburgo è la capitale europea del sesso. Con queste parole l'ha definita fin dal principio: e in questi termini continua a raccontarla, concentrandosi esclusivamente sui suoi quartieri a luci rosse.

Nel riferire di bordelli orientaleggianti e abilissime prostitute, Bertrand diventa presto esplicito. Entra nel dettaglio, e racconta trionfalmente le sue esperienze sessuali: come se fossero gesta eroiche e non semplici prestazioni a pagamento.

Rossetto, unghie finte, sudore, lingue, corsetti, mani, dita, sperma e rabbia. Aaron non si aspettava un resoconto tanto osceno, né immaginava che Bertrand avrebbe tirato in ballo il più giovane dei suoi amici: sfottendolo, e mettendolo in ridicolo per la sua verginità.

«Mio caro Aaron, sai che il nostro Cyril, qui presente, ha il pisello grande per niente?»

«Tutto seghe e niente arrosto!» precisa Briac con la sua voce da papera, prima di ridere sguaiatamente.

«Forza, Monsieur Pringle: mostra il tuo gioiello al nostro amico inglese!» incita Aubin, che ha le orecchie a sventola e il naso assediato dai brufoli.

«Che significa Monsieur Pringle?» chiede Aaron incuriosito da quell'insolito soprannome.

«*Voilà*, Pringle: come le patatine! Non le conosci? Quelle piccanti, nel tubo rotondo!» gli risponde Bertrand, e precisa: «Cyril è talmente dotato che riesce a toccare il fondo della confezione *avec le gland*: te ne rendi conto? Potrebbe fare la pornostar, invece, guardalo: è ancora vergine!».

Cyril tenta di ridere con gli altri, ma è imbarazzato. E lo è anche Aaron mentre pensa che pure lui è vergine, e chissà per quanto lo sarà ancora. Bertrand, nel frattempo, spiega che il suo clan farà tappa ad Amburgo durante il lungo viaggio verso Capo Nord.

Per un paio di notti, tutti loro alloggeranno all'ostello Arcobaleno, nel quartiere di Sankt Pauli. Pur essendo in cinque hanno prenotato in esclusiva un dormitorio a sei letti: e così – se Aaron vorrà – potrà unirsi a loro ed evitare la sconvenienza di condividere il sonno con viaggiatori del tutto estranei.

«Quanto costa?»

«Niente. Te lo offriamo noi» risponde Bertrand parlando, come sempre, anche a nome degli altri.

Sembrandogli un buon affare, Aaron accetta. Per lui è un privilegio scoprirsi accolto dai suoi nuovi amici, ma è turbato, e sente convivere dentro di sé curiosità ed eccitazione come mai prima d'ora. Parla poco, infatti: per lo più ascolta. Teme di non essere all'altezza. Immagina che le vicende minime della sua vita di provincia possano annoiare Bertrand, suscitando in lui e nei ragazzi francesi soltanto sbadigli e compassione.

Sono ormai le tre di notte quando Briac spegne per ultimo la lucina della propria cuccetta, rendendo possibile il buio. Un buio intermittente, interrotto dalle mille luci in corsa che sfilano al di là del finestrino.

Aaron prova a dormire, ma non ci riesce.

Lo sferragliare del treno, i controlli doganali alla frontiera con la Germania, il russare insistente di Aubin e la puzza di troppi piedi marciano contro di lui, aggravando il livello d'allarme raggiunto dalla sua libido, alimentata dal turbinio di fantasie innescato dalle storie da bordello di Bertrand: racconti che ora pretendono tutta l'attenzione, come quando una tubatura si rompe e – d'improvviso – non è più capace di contenere quella stessa acqua, a lungo ben protetta e indirizzata, che ora comincia a zampillare.

In quel buio provvisorio, Aaron sente, impellente, la necessità di prendersi cura della propria eccitazione. Vorrebbe spegnerla. Metterla a tacere. Ma ha paura di essere scoperto.

Immagina che, per quanto piano possa fare, non riuscirà ad appagare in segreto il suo bisogno: Cyril dorme nella cuccetta accanto, senza contare che – a cose fatte – un odore inequivocabile si diffonderebbe nel chiuso stagnante del piccolo scompartimento, a smascherarlo. Tutti riderebbero di lui: e sarebbe insopportabile, oltre che umiliante.

Meglio lasciar perdere.

Aaron è confuso: impreparato all'abbondanza di emozioni che, di colpo, hanno cominciato a popolare la sua esistenza.

Ora, in lui, non c'è più solitudine. Né c'è ordine: ma ci sono soltanto caos e anarchia. E così, mentre pensa al barattolo delle Pringles, gli viene in mente Crystal, poi suo padre: e, subito dopo, si rende conto che il treno sta per arrivare ad Amburgo: una città nuova e finalmente lontana dalla consuetudine.

Come potrebbe lui, ora, sprecare in quei pensieri un presente tanto vasto da sembrare una giostra coloratissima, finalmente capace di regalare un'ebbrezza nuova?

(...)

Il treno notturno proveniente da Calais arriva ad Amburgo alle 08.28. Non in anticipo: non in ritardo. Come piace ai tedeschi.

Ad annunciarlo è una voce meccanica: finta, poco umana.

Aaron ha fame. Gli shortbread portati da casa e condivisi con i suoi nuovi amici sono finiti. Lungo il binario, un chiosco azzurro vende biscotti e caffè caldo, ma lui ha soltanto le dieci banconote da cinquanta sterline ottenute cambiando nella banca sotto casa i traveller's cheque inviati dal notaio Porcic: e il barista non è autorizzato ad accettarle.

La stazione di Amburgo è confusionaria: fra i tanti passeggeri che entrano ed escono dalla grossa porta principale, Aaron nota subito un ragazzo con un'iguana viva sulla spalla e un transessuale in tacchi a spillo, con le mani enormi e il pomo d'Adamo pronunciato. Amburgo li accoglie entrambi: indistintamente e senza preferenza.

Odore di fritto, profumo di fiori.

Contrasti.

La città, fin da subito, ne offre a bizzeffe.

Proprio come l'ostello Arcobaleno: ottimista e pieno di

colori, ma con le lenzuola prese a nolo bucate e gli asciugamani sdruciti.

Il dormitorio è piccolo. Un alveare di letti a castello: spartano, ma regale in confronto al soffocante scompartimento in cui Aaron ha appena trascorso la notte in compagnia dei ragazzi francesi e del loro sudore acre, rimasto incollato al corpo di ciascuno fino al momento della doccia: tutti insieme, per la prima volta, e senza intimità. Con l'acqua molto calda e il bagnoschiuma al miele. L'improvviso profumo di infanzia. Il vapore che riempie lo stanzone. La conferma che a Cyril il soprannome non è stato dato a caso e l'impazienza di correre incontro al mondo.

Per vivere, finalmente.

Impossibile attardarsi un istante in più. Aaron ha bisogno di scoprire Amburgo. Vuole farlo subito: e da solo. Dunque, con i capelli ancora umidi, esce a esplorare i vicoli del quartiere di Sankt Pauli. Testimonia l'alternanza di casini e casinò, farmacie e rosticcerie, monti dei pegni e studi medici specializzati in malattie veneree, alberghi senza stelle e cassonetti traboccanti di rifiuti.

I negozi sono quasi tutti votati al sesso e anche le agenzie di viaggio, per adeguarsi alla domanda, propongono le mete dell'eccesso. Dai balconi dei palazzi circostanti i bambini poveri assistono allo svolgersi dello squallore con l'indifferenza dell'abitudine. Perfino i piccioni, qui, hanno l'aria malata e triste. Un cartello della polizia informa che le strade sono videosorvegliate e che è vietato circolare con mazze da baseball al seguito.

Aaron entra in una banca e cambia in valuta corrente uno dei biglietti da cinquanta sterline che ha con sé. In cambio ottiene due banconote azzurre, una rossa e qualche moneta. Subito dopo, cerca un bar. Vuole prendere un caffè. Ha bisogno di adrenalina. Bisbigli, colpi di tosse, tavolini appiccicaticci. Tazzine sporche di rossetto. Eppure, da fuori, era sembrato un posto pulito. Una prostituta, ormai attempata, sta parlando con un signore anziano che porta la fede al dito. Insieme discutono della vita e si scambiano tenerezze: come fossero marito e moglie. Dev'essere un cliente regolare. La loro relazione, affettuosa ma a pagamento, suggerisce ad Aaron le infinite gradazioni dell'amore.

La mattina è appena cominciata.

Lungo i marciapiedi, gli indigenti lottano l'uno contro l'altro per raccogliere il maggior numero possibile di bottiglie vuote che, al supermercato, potranno essere scambiate con soldi veri. Accanto alla miseria delle loro felpe slabbrate, le giacche leopardate dei magnaccia spiccano, esorbitanti.

I sex shop sono davvero tanti.

Aaron è curioso di visitarne almeno uno.

Fra tutti sceglie il Paradise Point of Sex. Lo fa per il nome: quello strano riferimento al paradiso in un luogo che sua madre avrebbe definito infernale.

In posti come questo il proibito diventa ordinario. Anche se poi, vicino alla cassa, i biglietti da visita degli psicologi specializzati in disturbi compulsivi e dipendenza dal sesso sfilano a testimoniare un disagio sotterraneo che i colori sgargianti e la musica di sottofondo grossolanamente tentano di nascondere.

E Aaron? Lui cosa prova?

Prima di tutto curiosità per quel girone terrestre della lussuria, con il quale non ha alcuna dimestichezza. Si guarda intorno, è sorpreso che Amburgo dedichi al sesso un intero quartiere e centri commerciali a sei piani in cui si vende praticamente di tutto: dalla pornografia alla bizzarria di frustini e camicie di forza.

Ci sono anche i bordelli. Quelli che Bertrand ha così ben raccontato durante il viaggio in treno. L'idea di poter sperimentare il sesso senza complicazioni e corteggiamenti lunghi un anno incuriosisce Aaron.

Lui sa bene che andare con una prostituta potrebbe essere rischioso per la sua salute e di sicuro squallido: eppure, se adesso provasse a rinunciare alla nuova tentazione che ha davanti, non ci riuscirebbe.

È come se fosse troppo tardi.

Una segreta porta della sua anima – fino ad allora ben chiusa e sigillata – è stata spalancata di colpo dai racconti di Bertrand, permettendo a tutta l'eccitazione accumulata durante la notte – e alle repressioni di un diciottenne ancora vergine – di strillare a gran voce e domandare immediato sfogo.

E, così, Aaron entra per la prima volta in un bordello. Un luogo esotico, losco, appesantito da un tanfo pungente: mascherato da insistenti fragranze profumate.

Qui, ragazzi corpulenti, uomini d'affari, marinai e anziani signori bisognosi di sostegno per il loro equilibrio, si ritrovano a soddisfare ogni sorta di pulsione in ambienti dove la penombra regna e i distributori automatici di Red Bull dispensano energia immediata a basso costo. Le prostitute – quasi nude – siedono accanto alla porta numerata delle loro camerette su sgabelli neri rivestiti in finta paglia di Vienna. Attorno ai letti, fili di luci intermittenti tentano di riscattare lo squallore, evocando un'atmosfera stranamente natalizia. "Quanta solitudine c'è nella provvisoria compagnia che qui si compra?" pensa Aaron, mentre un ragazzo dal marcato accento texano contratta prestazioni particolari, rivolgendosi alla prostituta con una tale arroganza che meriterebbe di essere punita da cento frustate. Incapace di difendere la donna, Aaron continua a esplorare i corridoi del bordello, che – con le loro porticine tentatrici – mantengono in stato d'allerta la sua eccitazione. Fino a quando una ragazza a seno nudo lo invita a seguirla: è attratta dal modo che Aaron ha di sbirciare (e mai di guardare), ma soprattutto dalla purezza del suo sguardo.

Lei non lo immagina, ma lui le si è avvicinato soltanto perché somiglia a Crystal. È questo ad averla resa più desiderabile e accettabile delle altre.

Ma quanto costerà?

Aaron non conosce il prezzo dell'intimità forzata e gli sembra strano trovarsi ingarbugliato in simili pensieri.

Fino a ieri lo avrebbe trovato impensabile: e domani se ne vergognerà. Ora, però, nella sua mente, non c'è spazio per altro.

La prostituta è abile. Lo tenta.

Gli prende la mano. Lo accarezza.

Aaron è imbarazzato. Non riesce a guardare la donna negli occhi, eppure la lascia fare. Allora lei chiude la porta della sua cameretta, abbassa l'intensità della luce: e Aaron rimane in silenzio. È confuso, e il suo stato d'animo è un rovello difficile da interpretare.

La prostituta ha un seno piccolo. Sodo. Indossa una collana di piume rosse e una striminzita biancheria dello stesso colore.

Siccome è una ragazza pratica va subito al sodo: «Senti ragazzino, sono 50 per l'oral, 100 per scopare e 150 per l'anal. No fisting. Pissing solo attivo».

Aaron ascolta confuso quel listino prezzi brutalmente snocciolato come le pietanze di una trattoria. E comunque cinquanta euro per un pompino gli sembra troppo.

«Sconto studenti?» bisbiglia.

La prostituta sorride: «Se sarà una cosa veloce posso farti quaranta».

Aaron fa cenno con la testa che il prezzo gli va bene e si leva la maglietta svelando un addome bianco, ben disegnato dal destino, e glabro, ma con una sottile verticale di peluria: un sentiero boscoso che dall'ombelico s'inoltra fin dentro al pantalone.

Pur restando con i piedi piantati a terra, la donna si abbassa fino a che le natiche le sfiorano i talloni. Non è tipa da inginocchiarsi lei. Non lo ha mai fatto. È un'operatrice del sesso, mica una puttana. Ed è una professionista esperta. Prima di sbottonare i pantaloni di Aaron, infatti, lo aiuta con le mani a eccitarsi.

I clienti ci tengono che lei li sveli già pronti al rapporto: dà loro sicurezza ed evita un sacco di complicazioni.

Aaron, nel frattempo, chiude gli occhi. Immagina che ci sia Crystal lì davanti a lui: finalmente disposta a tutto per accontentarlo. Questa fantasia gli offre per la prima volta l'illusione di sentirsi in controllo e di poterla perfino punire per il dolore e per la frustrazione che lei gli sta imponendo col suo silenzio sadico e impietoso.

La prostituta, ora, sbottona il pantalone di Aaron – un paio di jeans morbidi e leggeri. Lo fa lentamente, fino a svelare uno slip azzurro, consunto dal tempo e sbiadito da troppi lavaggi. Gli elastici lungo le cosce sono talmente slabbrati che il pene è sfuggito al loro labile contegno, ed è sbucato di lato, lungo la gamba destra, già incurvato verso l'alto.

Il prepuzio, un po' stretto, fatica a ritrarsi del tutto.

«Sei pronto, ragazzino?» Subito dopo la donna tira giù di scatto quello straccio di biancheria intima che ha davanti: e Aaron percepisce le sue unghie raschiargli i fianchi. Immediatamente dopo sente il pene sbattergli contro l'ombelico con lo scatto di una catapulta, innescata dall'irruenza con cui lo slip è stato abbassato. Quest'imprevista circostanza – questo colpo all'addome – interrompe i percorsi della fantasia e riporta Aaron alla realtà, costringendolo ad aprire gli occhi e a vedere le labbra della donna che si preparano ad accogliere la sua parte più intima.

"Ma che diavolo sto facendo?" pensa. E istintivamente balza indietro, tirandosi su con imbarazzo le mutande e tutto il resto.

La donna non se l'aspettava.

«Fai come vuoi, ma il pompino me lo devi pagare lo stesso.» E Aaron si affretta a poggiare due banconote azzurre su un mobiletto colmo di pupazzi, manette e vibratori.

Pazienza.

Questo amore a pagamento non fa per lui: è inutile. È brutale. Magari alla fantasia e all'immaginazione quel genere di esperienze potranno pure sembrare piacevoli: nella realtà, invece, gli sono parse un abisso di squallore.

«Comprati un paio di mutande decenti!» gli urla la prostituta offesa di essere stata rifiutata, mentre lui si allontana dalla sua stanzetta.

Ecco: ora, grazie a Crystal e ai bordelli di Amburgo, Aaron ha conosciuto i due poli estremi dell'amore: l'irrealtà di un interminabile corteggiamento virtuale e l'immediata concretezza di uno scarno rapporto mercenario.

L'amore vero si trovava nascosto da qualche parte in bilico fra quelle due esperienze. Un equilibrio sconosciuto e nebuloso: ancora molto difficile da identificare.

(...)

Nonostante lo squallore dei suoi bordelli, Aaron si rende conto che Amburgo è piena di libertà. Una libertà ben più completa di quella che lui ha conosciuto a Broadstairs durante i primi diciotto anni della sua vita. Una libertà vera, autentica e potente almeno quanto una Ferrari, ma complicata da manovrare, soprattutto per uno senza patente come lui.

Amburgo. Una città dissonante, in cui i sacchetti della spazzatura accumulati lungo i marciapiedi sono rosa, e in cui vecchi vagoni ferroviari abbandonati diventano un villaggio di artisti, capaci di creare graffiti strepitosi. Le biciclette abbondano ovunque e tutti parlano un tedesco armonioso, lontanissimo da quello gutturale di Hitler.

Passeggiando senza meta, Aaron si trova presto davanti alla Flakturm. Una monumentale struttura di cemento, grigia e spaventosa: alta più di settanta metri, quadrata al centro, e contornata da torri che, un tempo, ospitavano i cannoni nazisti: ma che, oggi, la pace ha trasformato in una discoteca. Da piattaforma della morte a sala da ballo, come è giusto che sia.

Aaron guarda quella costruzione non più grondante di sangue e pensa che il tempo cura proprio tutto.

A una fermata di autobus lì accanto, gli ambulanti che hanno partecipato al vicino mercato delle pulci attendono di ritornare a casa. Fra loro, Aaron nota subito una giovane coppia vestita di molti colori. Lui biondissimo e tedesco, lei giapponese: minuta, e aggraziata in ogni manifestazione. Insieme caricano a bordo del mezzo pubblico i pesanti scatoloni dell'invenduto. Sorridono, si baciano: e la loro felicità riempie l'autobus di ottimismo, suggerendo ad Aaron l'assurdità del suo rapporto con Crystal. Anche lui vorrebbe quella tenerezza e quei baci! Anche lui meriterebbe di abbracciare la ragazza che ama e di poterla guardare finalmente negli occhi! Ma Crystal, questo, non glielo ha mai permesso.

La giapponesina e il suo fidanzato, intanto, continuano a spettacolarizzare il loro amore. Aaron non ne è invidioso: ma quell'intimità così orgogliosamente ostentata svela tutto il vuoto che si porta dentro. Meglio scendere. Meglio vagare senza meta per il quartiere di Altona alla ricerca di un computer, nella speranza che Crystal abbia risposto alle sue suppliche.

Non se ne trovano più tanti in giro, di internet caffè. Sono già diventati obsoleti. Indispensabili soltanto a un sempre più esiguo numero di persone.

Aaron cammina e, di passo in passo, spera.

Questa volta, se Crystal non avrà risposto, anziché implorarla, cercherà di raccontarle l'angoscia e la delusione che prova. Non c'è più spensieratezza, non c'è più gioia piena in lui. Tutto è diventato incompleto. Tutto è stato sminuito da quel buio improvviso che lei gli ha imposto, scomparendo. Il non sapere perché, il non sapere se la loro relazione finirà è una tortura che perfino in carcere è vietata. Dopo la sentenza, infatti, la pena ha un suo decorso. Crystal, invece, ha messo Aaron in isolamento senza spiegargli quanto a lungo la punizione durerà.

Esiste di peggio per infragilire la mente di qualcuno?

BAGHDAD CAFÉ – INTERNET AVAILABLE recita l'insegna luminosa di una drogheria mediorientale dove si vendono telefonini usati, enormi sacchi di riso, lenticchie color arancio, couscous, cardamomo, baklava, tè alla menta e, assai probabilmente, anche marijuana.

Il luogo è gelido. Non c'è riscaldamento. Il timer di un forno a microonde si è appena spento tintinnando. «Posso usare un computer?» domanda Aaron in inglese.

Dietro il bancone, un ragazzo con la barba nera, folta e straordinariamente curata gli indica una saletta male illuminata e piena di sacchi contenenti riso e spezie. Tutti i computer sono spenti e nessuno li sta usando. Aaron ne sceglie uno e con impazienza lo accende.

Ma la risposta di Crystal non c'è.

Allora, laboriosamente, comincia a dare forma ai suoi pensieri. Sceglie le parole, le soppesa, le cambia e le corregge. A loro affida il rompicapo in cui si è perso. Legge e rilegge. Integra, cesella e soltanto quando è soddisfatto invia.

Questa volta Crystal non potrà restare indifferente. Per la prima volta Aaron è riuscito a esprimere ciò che prova e a fare uscire da sé il dolore, trasferendolo in un messaggio conciliante: una specie di arringa che ambisce all'assoluzione.

Colpevole o innocente?

Aaron spera che Crystal si decida finalmente a deliberare in suo favore. Con un sospiro, poi, si alza e paga.

«*Something to eat?*» gli chiede il ragazzo con la barba. Ma lui fa cenno di no con la testa, anche se ha fame.

È quasi notte, ormai, e ad Aaron fa piacere camminare insieme al vento, con pensieri nuovi e di speranza.

IMBISS legge fuori da un micro-ristorante orientale dotato di un tavolo soltanto. A gestirlo sono due fratelli thailandesi vestiti di bianco. In pochissimo tempo – e con una manualità da scoiattoli – le loro dita pescano agilmente tra decine di ciotole argentate in cui carne, pesce, spezie e verdure attendono di essere scelti e mescolati insieme. Nel locale regnano i profumi del latte di cocco, del coriandolo fresco e del basilico asiatico. Da una lunga lavagna che elenca gusti e prelibatezze a lui sconosciute, Aaron sceglie a caso un green curry piccante che lo farà lacrimare: stimolando, in cambio, il palato come mai prima d'ora. Zenzero, peperoncini color smeraldo, okra e gamberi tigre galleggiano armoniosamente in un mare rotondo racchiuso da una ciotola azzurra. Un acquario del gusto che appaga la vista e l'olfatto: ma anche il tatto, grazie al suo tepore.

Presto Aaron si sente sazio.

L'abbondante mistura di spezie contenute nel suo green curry ha accelerato il battere del cuore e riscaldato il corpo infreddolito, regalandogli nuova energia per continuare a esplorare Amburgo affidandosi al caso: che lo condurrà fino all'Altonaer Balkon, un belvedere magicamente affacciato sul porto.

Presto, davanti agli occhi di Aaron si estenderà uno dei dieci porti più grandi d'Europa: navi di ogni genere e taglia sfileranno accanto a mercantili carichi di container gialli e azzurri. Fra imponenti gru, battelli a vapore e cantieri provvisori le mille luci in transito della *Queen Mary 2* compariranno all'improvviso, a rendere cinematografica la notte, quasi che le mille vetrate illuminate delle sue cabine riuscissero a raccontare l'infinità di privilegi che, a bordo di quel leggendario transatlantico, si susseguono e abbondano.

(...)

Di ritorno all'ostello Arcobaleno Aaron viene accolto con impazienza dai suoi nuovi amici francesi: che hanno atteso di condividere con lui gli straordinari eccessi di una giornata per loro memorabile. Le notizie sono varie e tante. Ma l'apertura dello scurrile notiziario spetta senz'altro a Cyril che, finalmente, ha perso la verginità.

A raccontare l'accaduto è Bertrand il quale – per l'occasione – è saltato su una sedia e, a gran voce, ha cominciato a proclamare: «*Mesdames et messieurs*, siamo lieti di annunciarvi che il qui presente Cyril Dupont di anni diciotto, dopo lunga e tormentata attesa, è finalmente diventato uomo!».

Nell'ascoltare il dettagliato resoconto, Aaron apprende che la prostituta prescelta – scoperta l'inusuale prestanza del suo giovane cliente – ha preteso di applicare un sovrapprezzo. E, così, Cyril ha dovuto pagare quasi il doppio.

Nel frattempo, i suoi amici sono rimasti fuori dalla porta, in veste di testimoni, a origliare e cronometrare la durata di quel primo rapporto sessuale, il cui audio è stato registrato per poter essere condiviso online con tanto di timer progressivo, faccine dagli occhi strabuzzati, la scritta intermittente WOW e lo sticker di una banana che va in moto.

«Avresti dovuto vedere la faccia stravolta della puttana quando Cyril ha finito!» dice Bertrand rivolgendosi ad Aaron.

«Dove passa Monsieur Pringle non cresce più l'erba!» si vanta nel frattempo Cyril, battendosi il petto con orgoglio.

Aaron ascolta tutto, ma non parla. Ormai sa che lui non riuscirebbe mai a mancare di rispetto in quel modo né a se stesso, né a una donna. E, comunque, come potrebbe mai condividere con leggerezza una circostanza così intima e personale, fino all'assurdità di postarne il contenuto online per protagonismo, in cerca di approvazione?

È veramente stanco, adesso. Anzi: è esausto. Eppure, mentre i ragazzi francesi continuano a parlare, lui fa silenzio nella mente, srotola davanti a sé la mappa d'Europa comprata a Dover, nel Caffè Dei Cristiani, e si assicura di aver pianificato per bene il proprio viaggio.

A Praga, si tratterrà per tre giorni. Poi sarà la volta di Vienna. Da lì raggiungerà Lubiana e, infine, arriverà a Zagabria in tempo per l'apertura del testamento di suo padre. Sempre che Anja non si accorga di tutto e lo richiami all'ordine: imponendogli di rientrare in Inghilterra.

Accidenti! Sua madre!

Come ha potuto dimenticarsi di telefonarle?

Allora scende le scale di corsa e, trovato nella hall un telefono pubblico, compone il numero, ma ha poche monete al seguito e teme che non bastino.

Il telefono squilla una sola volta e Anja già risponde.

«*Hallo?*»

«Mamma!»

«Aaron, ma dove sei? Perché hai tardato tanto a farti vivo? Sono stata in pensiero! Ti ho chiamato mille volte al telefonino: ma non rispondi!»

«L'ho dimenticato sotto al letto. L'avevo messo a caricare. E me lo sono scordato. Mi dispiace che ti sia preoccupata. Io sto bene. Il treno ha fatto ritardo e quando è arrivato a Brighton eravamo talmente stanchi che siamo andati all'ostello e, subito, ci siamo addormentati.»

«All'ostello? Ma non avevate prenotato il bed & breakfast dello scorso anno? Quello gestito dai ragazzi vegetariani?»

«Ehm. Sì, esatto: alla fine, però, pur di risparmiare, abbiamo cambiato idea.»

«Hmm...»

Troppi conti non tornano.

«Hai la voce strana» dice Anja a suo figlio.

«La voce?» prende tempo Aaron.

«Sì. Trema. È come se avessi paura, e mi stessi nascondendo qualcosa. Aaron: dimmi la verità. Sei davvero a Brighton? Non è che avete deciso di fermarvi a Londra?»

«Aahhh! Mamma! Ti giuro che non sono a Londra! Te lo giuro su Dio! Che io possa morire in questo istante se mi trovo a Londra! Devi smetterla con queste paranoie. Lo sai bene che non andrei mai a Londra senza il tuo permesso!»

Anja ascolta, ma comunque resta perplessa. Infatti chiede di parlare con Gennarino. Vuole che sia lui a confermarle tutto.

Aaron spalanca gli occhi.

«Gennarino?»

«Sì, Gennarino: fammici parlare. E subito!»

Aaron non sa proprio come comportarsi. Gennarino è a Brighton: a mille chilometri di distanza da lui.

Si volta. Si guarda intorno. Cerca un appiglio, ma non lo trova. Poco lontano, sei ragazzi giocano a biliardo. Altri bevono birra e fumano.

«Gennarino! GENNARINOOOO!» urla a gran voce,

mentre tutti si voltano a guardarlo incuriositi da quella sceneggiata.

«Gennarino! Vuoi venire o no? Corri! C'è mamma che ti vuole parlare!» continua a strillare Aaron. E poi – subito dopo – rivolgendosi ad Anja le dice: «Accidenti, è tutta la sera che sta cercando una pezza a colore, ma non riesce a trovarla!».

«Una pezza a colore? Ma che diavolo è?»

«Be', vedi, il fatto è che gli si è bucato il maglione e lui sta provando in tutti i modi a rammendarlo, ma non trova una pezza dello stesso colore: e così dev'essere uscito a cercare una merceria.

Ma perché vuoi parlare con Gennarino proprio adesso? Invece, dimmi di te. Come stai?»

«Male.»

«Meglio o peggio di ieri?»

«Peggio.»

«E perché?»

«Ho di nuovo sbagliato dando il resto. Quando ho chiuso la cassa mancavano soldi. Il direttore del supermercato mi ha sgridata malamente. E ho dovuto rimetterci di tasca mia: venticinque sterline.»

«Ah! Mamma! Sono quelle maledette pillole!»

«Le pillole mi aiutano.»

«No! Le pillole non ti aiutano affatto: tu dovresti fare psicoterapia!»

«La psicoterapia è per i ricchi. Le pillole le passa la mutua.»

La telefonata si fa costosa: le monete non smettono mai di scendere e fra poco finiranno.

«Ti sto perdendo, Aaron. Lo sento.»

«Non dire così, mamma. Perché, invece, non ti fai un bel bagno caldo? Lo sai che ti rilassa. Te l'ha detto anche il dottore che fa bene contro la depressione. Vedrai che starai meglio! Io ti richiamerò domani verso quest'ora. Ma adesso rasserenati.»

«Va bene, Aaron. Ma tu promettimi di stare attento.»

«Te lo prometto, mamma.»

Imbarazzo. Vergogna. Bugie. Sotto gli occhi di tutti.

(...)

Amburgo: quattordici marzo. Alle sei del mattino Aaron è già alla stazione. Si è alzato presto, oggi: e quando ha lasciato l'ostello Arcobaleno, Cyril, Bertrand e gli altri ragazzi francesi ancora dormivano. Avrebbe potuto aspettare che si svegliassero e fare colazione con loro. Invece il desiderio di raggiungere Praga ha prevalso.

Al barista di un chiosco, poco lontano dai binari, chiede un caffè. Nero. Lungo. In pieno contrasto con la ciambella che tiene in mano: un dolce raggiante, carnevalesco: ricoperto di glassa colorata. È stanco, ma ha il viso sereno. Soltanto le occhiaie testimoniano fatica e turbamento. Quel nero: l'unica stonatura nella vivida freschezza di uno sguardo acceso dall'adrenalina e dall'impazienza.

Il primo treno in partenza per Praga è piuttosto malandato. Aaron sale a bordo e, appoggiata la testa contro il finestrino, si abbandona al sonno: interrotto – due ore più tardi – dalla voce del capotreno:

"Meine Damen und Herren, wir kommen in Berlin Bahnhof Zoologischer Garten."

Una sosta breve. Di qualche minuto soltanto: eppure Aaron non resiste alla tentazione di scendere lungo il binario.

Vuole essere stato a Berlino. Aver poggiato i piedi su

quel suolo leggendario. Accidenti! Come ha potuto escludere una città tanto importante dal suo itinerario? Sulla mappa era stato facile trascurarla. Trovarsi nella sua più celebre stazione e sentire forte la tentazione di visitarla è ben altra cosa.

Ma, in fondo, perché non farlo?

Se lui si trattenesse un giorno a Berlino gli resterebbe comunque abbastanza tempo per visitare Praga.

Aaron si guarda intorno: è attratto da ciò che vede, ma quando il capotreno fischia per annunciare l'imminente partenza, ritorna a bordo, deluso di non aver trovato il coraggio necessario a rimanere.

Colpa di un film, capace di lasciare in lui cicatrici profonde.

La scena del vomito, sul letto. Quella delle frustate. Gli occhi devastati di Christiane F.

E colpa anche della guerra, del muro e delle persecuzioni.

È stata la sua mente a scoraggiarlo: a convincerlo che la sovrabbondanza di morte e dolore d'un tempo potesse ancora serpeggiare come una maledizione in quella città ormai perdonata da tutti.

Aaron non è abituato alla velocità con cui la vita ha cominciato ad accadere: Dover, Calais, Amburgo, Berlino e, fra poco, anche Praga. Tutto in meno di tre giorni.

La vita vera – pur con le sue difficoltà e implicazioni – ha iniziato a manifestarsi nel tanfo profumato dei bordelli di Amburgo, nell'intimità forzata dei treni notturni, nelle grigie scogliere di Dover e, presto, si arricchirà dell'oscura magnificenza di Praga.

Impazienza, eccitazione, sonno arretrato. Lievi scosse di terremoto: incapaci di far danno, ma registrate con scrupolo dal sismografo interiore dell'esperienza.

(...)

È marzo: e Praga soffre ancora in questa gelida fine d'inverno che la tortura e la protegge: ritardando l'arrivo dei turisti.

Aaron scende dal treno e si ritrova circondato da troppi colori: rosso, giallo e un verde elettrico, in netta contrapposizione con le sue aspettative. Potrebbe lasciarsi scoraggiare da questa prima impressione, invece spalanca la mente alla città. Osserva e assorbe tutto: la piazza antistante la stazione, la ragazza grassottella che offre informazioni turistiche (ma non sorrisi), il tram azzurro con gli scalini un po' scoscesi. I biglietti verdi e rosa obliterati con rumore. Ferro, ruggine, legno e colpi di tosse.

Come promesso dal volantino pubblicitario, l'ostello Gloria costa poco e offre il privilegio di un tavolo da biliardo, al centro della sala comune, dove i viaggiatori si ritrovano per scambiarsi esperienze ed emozioni. Capita lo stesso ad Aaron, poco più tardi, mentre sistema i bagagli nell'armadietto numero sette del suo dormitorio – assicurandosi di chiuderlo per bene con il lucchetto che si è portato al seguito. Un ragazzo siriano, conosciuto lì per caso, gli sorride e offre i suoi consigli per visitare al meglio la città. «Lascia perdere lo stradone» gli dice riferendosi alla piazza San Venceslao. «Troverai soltanto bancarelle, würstel e cipolle. Praga la devi esplorare nel piccolo. Nel dettaglio. Non lasciarti distrarre dalla sua grandiosità. Questa non è una città qualunque. È un luogo vivo, magnetico, che interferisce con la bussola dell'anima: ascolta la sua voce. Lasciati guidare dalle coincidenze microscopiche. Poco prima della mezzanotte sali al castello e, davanti alla cattedrale di San Vito, sdraiati sul ciottolato, a faccia in su. Mentre le campane suoneranno i dodici rintocchi che separano i giorni, tu chiudi gli occhi ed esprimi un desiderio. *Inshallah*, si avvererà.»

Aaron ascolta avidamente quel ragazzo dalle dita sottili e affusolate, i cui occhi sembrano essere stati truccati da Dio, e si sorprende che esistano persone disposte a dare senza aspettarsi niente in cambio: proprio come i ragazzi francesi che gli hanno offerto un letto nel camerone del loro ostello.

«Perché mi aiuti? Perché mi stai dicendo tutto questo?»

«Per condividere. Per non sprecare quanto ho imparato.»

«Come ti chiami?»

«Mi chiamo Golan. Come Golan Haji. Il poeta curdo esiliato a Parigi.» Dice questo, e poi, aperte le braccia con la solennità di un direttore d'orchestra, comincia a recitare muovendo le mani e le dita per dar vita alle parole: «Poi vennero. Cancellarono i loro appuntamenti. Si pulirono i denti per gettare i rimasugli dei nostri cuori alle formiche. E gridarono: "Nessuno è accusato! Sono tutti condannati"».

Aaron proprio non se l'aspettava. Ascolta quei versi e si sente vivo. Immagina le formiche mangiare con ingordigia le briciole dei cuori strappati a morsi dai carnefici e si accorge di quanto potenti possano essere le parole.

Incontrarsi col mondo comincia ad affascinarlo: e mai avrebbe pensato che sarebbe stato così imprevedibile.

È questa la vita giusta? La pienezza offerta dalle metropoli? Oppure la felicità sarebbe stata possibile soltanto lì, a Broadstairs, in quella piccola cittadina inglese scelta da sua madre per proteggerlo dal male?

(...)

Adesso Aaron si trova nel centro storico di Praga. Davanti a sé ha la bellezza ovunque. È dappertutto: a ogni angolo. Specialmente nella Staroměstské náměstí, una piazza né tonda, né quadrata: e proprio per questo seducente, nell'armoniosa asimmetria di forme e di colori. Aaron guarda quel luogo immenso e nuovo: ha paura che sia troppo grande per ricordarlo tutto. Allora resta lì: a imprimerlo su un foglio bianco della memoria. Quaranta minuti di sbigottimento: di occhi spalancati, mani gelide, naso rosso, incanto e meraviglia. Fino a che il freddo diventa insopportabile e Aaron, con le dita intorpidite dal gelo, entra nella mensa della facoltà di filosofia. Chiede una tazza di caffè bollente e un po' dell'insalata russa che una bidella tracagnotta serve direttamente dalla bacinella rossa in cui l'ha preparata.

I tavoli sono piuttosto malandati. Ma che importa?

È la prima volta che Aaron sente amore per un luogo.

Anzi, è passione quella che, poco più tardi, prova nel varcare il solenne portale della chiesa di Sant'Egidio.

Pienezza del barocco. Vuoto di fedeli.

Nel quasi buio e nel silenzio, un frate domenicano gli va incontro a passi lenti, sfilandosi i guanti per stringergli la mano e dare il benvenuto. È molto anziano, ormai: e indossa un cappellino di lana nera per difendersi dal freddo. Nulla, invece, lo protegge dalla modernità. «Praga non è più una città magica: era un luogo dell'essere: oggi è diventata il regno dell'avere.»

Con gli occhi, Aaron domanda perché: e il domenicano aggiunge che nessuno più ha voglia di riflettere e di creare. Tutti, invece, desiderano comprare e possedere.

La vicina via Pařížská suggerisce ad Aaron che, forse, il frate ha ragione: nel giro di pochissimi metri, l'una accanto all'altra, sfilano alcune fra le boutique più esclusive del mondo. Una di queste espone in vetrina tutine e ciucciotti firmati da uno stilista francese.

Oggetti perfetti, dai prezzi inspiegabili.

Meglio tornare nel quartiere di Staré Město. Aaron vuole continuare a incantarsi per le sue tante torri oscure, per le botteghe degli erboristi, per le facciate rosa dei palazzi, per le pasticcerie con i tavolini in marmo corroso dal tempo e per i microscopici bugigattoli dei rigattieri, in cui perfino l'impensabile può essere comprato.

È avido di nuovo. Vuole molto: osserva tutto. E questa sera ritornerà all'ostello con la mente dilatata da Praga in un vortice dell'armonia: grandioso e solenne almeno quanto la messa funebre per un imperatore.

(...)

Dopo un sonno intermittente, disturbato dai troppi ragazzi che affollano il camerone del suo ostello, Aaron si è appena svegliato stanco e rintronato. I soldi per pagare una camera singola li avrebbe pure avuti. Ma poi si è ricordato di Darwin. La teoria dell'evoluzione. Soltanto chi si adatta sopravvive: gli altri soccombono e scompaiono. I loro corpi si scarnificano, diventano fossili: e continuano a esistere soltanto nelle teche dei musei.

E, così, Aaron ha preferito dormire insieme ad altre undici persone: per sentirsi all'altezza della vita, e risparmiare qualche soldo. Adesso, nella sala della colazione, lui sta finendo di mangiare le ciambelle acquistate alla stazione di Amburgo. Quel sapore – così speciale nel ricordo – si è deteriorato e la consistenza gommosa, assunta dai dolciumi durante la notte, contrasta con i festosi colori che restano a ornare una glassatura ormai stantia e spezzettata. Si guarda intorno. Golan non c'è. Forse dorme ancora. Oppure è già andato via.

Stanotte la neve è caduta abbondante, togliendo a Praga quasi tutto il suo nero. Ad Aaron pare l'opera di un pasticcere divino.

(...)

La porta d'accesso all'antico quartiere praghese di Malá Strana è la più bella che si possa immaginare: un ponte in pietra d'epoca medievale che, fra statue e scorci millenari, Aaron attraversa col batticuore. Raggiunta l'altra sponda della Moldava, la via Mostecká lo accoglie con una casetta rosa e una turchese.

Il termometro segna la temperatura record di tredici gradi sotto lo zero.

La neve caduta durante la notte è come una crosta di zucchero, e si rompe sotto i passi con la delicatezza delle meringhe appena sfornate.

Su entrambi i lati della strada, i negozi di souvenir aprono i battenti esponendo con orgoglio la loro chincaglieria.

Fin da subito Malá Strana appare ad Aaron un luogo non più vero. Ad aggravare tutto ci sono le calamite per il frigo e le saponette con il profilo di Kafka.

Il caffè Barocco Veneziano, dove è appena entrato per sfuggire al gelo, propone invece squisiti dolcetti con pistacchi, mandorle e buccia d'arancia. L'infuso alla cannella che Aaron sceglie a caso da un menu per lui incomprensibile profuma di Natale e viene servito, con raro sfoggio di tazze e piattini, da un cameriere diplomato in buone maniere.

L'infuso riscalda presto il corpo e la musica di Vivaldi conforta anche la mente.

Chissà come staranno Gennarino e gli altri colleghi della gelateria.

Brighton, in inverno, sa essere un posto malinconico.

La spiaggia vuota, il mare in tempesta, gli improvvisi temporali.

Praga, invece, si abbellisce del suo gelo, che la vela e la protegge come una lacca antica.

La via Jánská sarebbe deserta, se non fosse per un vecchio signore che, a fatica, spala la neve davanti a una casetta nera, la cui facciata in legno sembra decorata da un miniaturista.

Non lontano, il portone dell'ambasciata tedesca è scuro e intimorente.

«Buongiorno!» dice un clochard, rivolgendosi ad Aaron con un inchino e porgendogli un bicchiere ancora vuoto di elemosina.

Ha gli occhi felici. E il gelo non sembra disturbarlo.

«Quanto freddo!» esclama Aaron togliendosi i guanti per cercare in tasca qualche moneta da lasciargli.

«Praga e il freddo hanno firmato un contratto a tempo indeterminato» gli risponde lui in un inglese stranamente ineccepibile. E quando Aaron gli chiede dove poter mangiare squisitezze a poco prezzo, il mendicante gli indica, in lontananza, una piccola tartineria che, presto, lui raggiunge avvolto dalla nuvola del suo stesso respiro.

Qui, una robusta signora con indosso una divisa pulita, ma consunta, tiene i capelli raccolti in una cuffietta e compone portentose tartine su fette di pane imburrate, guarnite da salame, prosciutto affumicato, uova, tonno, maionese e sottaceti.

Con una delicatezza da sartine, gli ingredienti vengono decorati da ciuffi di insalata affinché tutto possa apparire il più aggraziato possibile. Nel retrobottega, si intravede un frigorifero che già esisteva ai tempi dello sbarco sulla Luna, e funziona ancora con fierezza.

Le tartine sono talmente buone che Aaron ne mangia sei.

Possibile che costino così poco?

Meglio prenderne qualcuna anche per cena.

Con il gusto dei sottaceti in bocca, raggiunge la più vicina stazione della metropolitana. All'ingresso, un venditore di hot dog si sta sfregando le mani per combattere il freddo. È vestito di rosso: proprio come l'ombrellone che lo protegge dalle intemperie. Poco lontano da lui, un piccione morto scoraggia i possibili acquirenti.

In biglietteria siede un ragazzo che parla al telefono con la fidanzata, incurante dei tanti passeggeri che, al gelo, attendono di essere serviti.

Nessuno protesta. Nessuno si lamenta.

Il metrò è affollatissimo. Nei suoi ampi corridoi sotterranei dominano tre colori – il rosso, l'argento e l'oro – e regna ovunque un décor che ad Aaron ricorda il film di Kubrick *2001: Odissea nello spazio.*

(...)

Aaron si sente colmo d'emozione e di bellezza. È come se Praga fosse riuscita a riempire per la prima volta tutti i vuoti della sua anima: quegli stessi spazi che Crystal ha potuto occupare indisturbata, stanziandosi lì, per più di un anno, come una Cleopatra circondata dal nulla.

Si sarà finalmente decisa a rispondergli?

Seduto nel salone comune dell'ostello, Aaron sta cercando con lo sguardo i computer a gettone, quando un ragazzo annuncia che, di lì a poco, comincerà un torneo di biliardo. Lo dice nel suo inglese pesante, gravato da un accento gutturale e impietoso con le consonanti.

Aaron, a biliardo, sa giocare bene. Dunque si avvicina.

Insieme a lui, un'altra decina di giovani provenienti da tutto il mondo si raduna. Le regole sono semplici. Per partecipare si pagano cento corone a testa e, alla fine, il vincitore incasserà tutte le quote versate dagli altri concorrenti.

L'organizzatore del torneo si chiama Pelle. È un ragazzo minuto, ma autoritario, avvolto da un sentore di marijuana. Anche lui – come Bertrand – è molto sicuro di sé. Stringe forte la mano dei partecipanti e annota il loro nome su un taccuino, con una penna stilografica estranea alla modestia che regna d'intorno.

Un boccale da birra, nel frattempo, viene usato per custodire tutto il danaro raccolto.

Il torneo comincia. Giocatore contro giocatore.

Gli scarsi escono subito, poi vengono eliminati anche i bravi.

Pelle è molto abile e dopo un massé o una garuffa si gode l'ammirazione che quei colpi difficili hanno suscitato fra i presenti, generando stupore in chi non sarebbe mai stato capace di portarli a segno.

Alla fine restano soltanto quattro giocatori.

Aaron è uno di loro. Dal suo modo di comportarsi traspare una personalità corretta, ma determinata. Pelle invece è aggressivo: e quando sbaglia batte i pugni contro le sponde del tavolo, bestemmiando e frustando gli avversari con le parole. Li innervosisce, li ferisce, li irrita. È convinto che, per vincere, non basti l'abilità, ma serva anche indebolire la mente dei contendenti.

Durante la finale, Aaron prevale e Pelle s'infuria a tal punto da scaraventare al muro il più giovane dei suoi amici, insultandolo, e attribuendogli la colpa della sconfitta.

«Porti sfiga! Come sempre!» urla davanti a tutti. E quello: zitto. Nemmeno una parola.

Nel frattempo, Aaron incassa il premio e riceve gli applausi di tutti: Pelle, addirittura, s'infila una mano in tasca e tira fuori una fiche del Gran Casinò di Praga – dove ieri ha vinto parecchi soldi. «Per te» dice, offrendola ad Aaron come facevano i legionari, donando la punta della propria lancia. Poi, subito dopo, lo invita a seguirlo. È cinematografico in ogni suo gesto. Recita anche mentre conduce Aaron nello scantinato dell'ostello: un posto lugubre con pochissima luce, quattro vecchie lavatrici industriali e un'enorme caldaia borbottante. Eccitato dalla vittoria, Aaron si sente a proprio agio mentre Pelle rolla in suo onore una canna di proporzioni proverbiali.

«Qui a Praga la marijuana è considerata legale. Dunque, non c'è niente di male a consumarla» gli dice, mentendo. E, così, Aaron si accende quella speciale sigaretta e lascia che la mente cambi, astraendosi dal presente e abbandonandosi a un relax fatto di mare e di acqua. Nel dondolio armonioso dei pensieri, nel loro galleggiamento innaturale, le palpebre sembrano muoversi da sole, i sorrisi nascono senza volontà: e tutto sfuma, come in un quadro impressionista.

Piccole pennellate. Voci confuse.

Pelle guarda Aaron con stima. Da tempo non incontrava qualcuno in grado di batterlo. Qualcuno verso il quale provare la stessa ammirazione che i suoi amici sentono per lui.

È pieno di soldi Pelle, e potrebbe permettersi una suite all'Hotel Palace. Invece frequenta gli ostelli: perché ha bisogno di pubblico e di essere al centro dell'attenzione. Proprio come adesso mentre, nell'intimità offerta da quella penombra umida, comincia a parlare ad Aaron del suo argomento preferito: le droghe perfette. Quelle di stato.

Spiega che lo sballo provocato dalla canna che stanno fumando è nulla se paragonato ai raffinati effetti del Substitol: la sostanza legalmente fornita in Austria per aiutare i tossicodipendenti a disintossicarsi dall'eroina.

Una droga purissima. Controllata in laboratorio. Mostri, draghi e paradisiaci inferni: tutto a portata di mano, e con meno rischi. Basta eliminare l'effetto retard, aprendo la capsula e sistemando la polvere in forno, per qualche minuto, su un foglio di carta stagnola.

«E dopo che si fa? Si prende col naso, come la cocaina?»

«In realtà sarebbe meglio assumerla per via rettale. Entra in circolo più in fretta. E lo sballo è assai maggiore.»

Pelle racconta ad Aaron che procurarsi il Substitol è molto difficile. Lui lo compra a Vienna nei cunicoli sotterranei della metropolitana di Karlsplatz. A venderlo sono i tossicodipendenti con le labbra azzurre, colorate dai barbiturici sciolti sotto la lingua per alleviare le crisi d'astinenza. Farmaci pericolosi: che la legge impone di produrre con un forte colorante e un sapore distintivo, per evitare che i malintenzionati li sciolgano in qualche bevanda con l'intento di somministrarli a ignare vittime: per rintronarle e poterle derubare, violentare, o perfino uccidere indisturbatamente.

Aaron sa bene che le droghe sono molto pericolose. Sua madre glielo ha marchiato a fuoco nella mente.

«Droghe di stato? Sicure?»

«Ma certo!» gli risponde Pelle, mettendogli in mano una capsula di Substitol e precisando che – trovandosi ancora nel suo blister – di sicuro non è stata vomitata.

«Vomitata?»

«Sì, dai tossici. La maggior parte di loro è costretta ad assumere il Substitol davanti all'occhio vigile dei farmacisti. Una precauzione inutile dal momento che, appena girato l'angolo, nulla impedisce loro di ficcarsi due dita in gola e ributtare la capsula fuori, ancora intatta, per poterla vendere al mercato nero.»

Aaron è disgustato dal racconto di Pelle, ma il Substitol lo prende lo stesso e lo mette in tasca: come un trofeo aggiuntivo per la partita appena vinta. È tardi ormai e anche stanotte lui non riuscirà a dormire a sufficienza. È troppa l'adrenalina che lo intossica. Troppa la curiosità per la vita che, d'improvviso, gli sta esplodendo tra le mani.

(...)

Praga. Sedici marzo. Un'altra notte di poco sonno e molti sogni. Oblunghi. Filiformi. Aaron è rintontito. Ha bisogno di acqua fredda lungo il corpo. A quell'ora, il camerone delle docce è vuoto e le gocce perse cadono al suolo risuonando, insieme, in un concerto spettrale. Aaron si spoglia. Ruota fin che può il rubinetto in plastica azzurra e si lascia investire da un getto forte, gelido: capace di liberarlo dai demoni del sonno. Rimane così, immobile, fino a quando comincia a tremare e vorrebbe asciugarsi: ma non può farlo, perché ha dimenticato nel suo armadietto la salvietta a nido d'ape presa a nolo. Dunque è costretto a rivestirsi in fretta, grondante d'acqua, e a lasciare che la biancheria gli si appiccichi al corpo come una mano estranea: una seconda pelle che lui percepisce con fastidio a ogni passo, mentre l'acqua, dai capelli, gli cola sul volto.

Raggiunto il dormitorio, Aaron può finalmente asciugarsi e rivestirsi. I suoi compagni di stanza dormono ancora e il tanfo da caserma che li avvolge esalta il profumo di pulito emanato dal suo corpo.

È troppo presto per fare colazione. Ed è ancora buio.

Meglio uscire a esplorare la città.

All'alba Praga è ancor più fredda, vuota e bianca.

Sembra disabitata.

Dopo un lungo vagare in pieno incanto le labbra di Aaron, ferite dal gelo, diventano blu. Allora lui cerca un luogo in cui potersi riscaldare e trova la Galleria Lucerna che gli pare fatata con la sua cupola verdognola, mai ripulita dalla polvere che da decenni, ormai, la ricopre.

Fin da subito la Galleria Lucerna sembra ad Aaron un luogo magico. L'imponente statua di un cavallo rovesciato pende dal soffitto ed è cavalcata sulla pancia da un uomo misterioso. Qui, già all'opera, Aaron trova sartine, orologiai e un gran caffè il cui ingresso è protetto da spesse tende di velluto scuro. Al centro c'è un lungo bancone attorniato da sgabelli in legno un po' sbilenchi. Un pianista suona *New York, New York* e i camerieri sembrano essere stati selezionati da un regista puntiglioso, per ricreare fin dal primo mattino l'atmosfera dei transatlantici del passato. Aaron chiede un caffellatte, che gli viene servito fumante in una tazza color arancio, ma bianca all'interno: e spessa.

In sottofondo, tra i pochi clienti, si percepisce un'allegria da romanzo antico.

Il caffè Lucerna fa parte di un cinema che, in passato, è stato un teatro d'opera. Ai lati dello schermo ci sono ancora i palchi, che conferiscono al tutto un'atmosfera surreale. Qui, fin dall'apertura, si proiettano film d'essai in lingua ceca. Aaron compra un biglietto ed entra. Ha necessità di guardare la vita degli altri e di non capire le parole.

Desidera il buio attorno a sé. Per non essere visto.

Il cinema è deserto. Il film è triste.

Protetto da quel limbo innocuo, Aaron si assopisce. Fino a che le luci si riaccendono. Aveva un gran bisogno di dormire un po' e di smaltire gli ultimi effetti della marijuana. La stanchezza, comunque, gli è rimasta ad appesantire le gambe più del solito. Aaron se ne renderà conto poco più tardi durante una tempesta di neve, quando chiamerà sua madre da una cabina telefonica, per cercare di renderla felice informandola di aver appena comprato per lei una preziosa qualità di tè bianco, il suo preferito.

Tutto qui. Molto poco, oggi.

Aaron sente forte la malinconia che Anja sempre gli trasmette come un virus. Ma lui vuole che non accada più: e, dunque, riprende a esplorare Praga, come se quella telefonata non fosse mai accaduta.

(...)

Il quartiere di Nové Město, nella città nuova, è tutto un fiorire di palazzi dalle facciate sorprendenti. Lungo la via Jungmannova, la composizione degli edifici spazia dalla grossolana pesantezza del Palazzo Adria alla leggerezza del Liberty più floreale. Molti negozi sono sfitti. In altri si vende l'assenzio. Spesso compaiono nomi francesi. Ci sono la drogheria turca Les Amis e l'ostello Le Papillon, che della grazia d'una farfalla non ha proprio nulla.

Al numero uno di questa strada emotivamente stimolante, Aaron trova il Teatro Komedie: un luogo ancorato a un tempo non più suo. Nel parterre c'è un vecchio pianoforte a coda: bianco e nero, come i suoi tasti. Le pareti d'intorno sono ricoperte da un marmo crudo, ormai ingiallito. Dalle vetrate laterali si intravede la bottega di un elettricista: OSRAM recita una sbilenca insegna luminosa.

Di passo in passo, di metro in metro, Aaron rimane sorpreso da questa città, ferita ma non distrutta dalle bombe dei conflitti mondiali, e talmente ricolma di meraviglia che ce n'è fin troppa. Di piazza in piazza. Di strada in strada. Fino al tramonto: quando, sfinito, s'incammina verso il castello. Vuole ascoltare a occhi chiusi i rintocchi della mezzanotte ed esprimere un desiderio stando disteso davanti alla cattedrale di San Vito, proprio come gli ha suggerito Golan, il ragazzo siriano incontrato poco dopo il suo arrivo in quello strano ostello, dove la carta igienica viene razionata con avidità dal custode dei gabinetti. Un uomo anziano e calvo che siede lì, per ore e ore, ad ascoltare il fragore delle scorregge, e tutto il resto, pur di rendere possibile un minimo risparmio.

Nel frattempo, lungo la strada, un violinista sta prendendo posto per esibirsi in cambio di qualche spicciolo: accende una piccola stufa a gas portatile, sistema gli spartiti, accorda lo strumento, e comincia a suonare. Ad Aaron il suo concerto senza orchestra piace. Allora si fruga nelle tasche e, insieme alle monete, ritrova la fiche che Pelle gli ha regalato ieri. "Gran Casinò Prague" c'è scritto con una scintillante vernice dorata. Aaron guarda in lontananza il castello illuminato che splende e sembra chiamarlo a sé. Ma la voce della fiche riesce a prevalere. Allora chiede a un passante se sappia dove si trovi il Gran Casinò: e lui, sulla mappa, glielo mostra. L'inglese lo parla male: ma è bravo a farsi capire.

«*Five minutes only. First right, third left, then go up the stairs...*» Le sue indicazioni portano Aaron a raggiungere un palazzo imponente: ideato per far sentire piccoli e deboli tutti coloro che si trovano per la prima volta davanti alla sua soglia.

(...)

Il Gran Casinò di Praga è talmente monumentale che Aaron si sente a disagio ancor prima di entrarci. I suoi vestiti sportivi, inadatti all'ostentata eleganza del luogo, lo costringono a noleggiare all'ingresso camicia, giacca e cravatta. Gli chiedono anche il documento di identità: per accertarsi che diciott'anni li abbia compiuti davvero. Alla guardarobiera che gli porge gli abiti presi a nolo – e prende in custodia la sua felpa turchese macchiata di latte, caffè, cioccolata, olio e glassa rosa di ciambella – Aaron mostra la fiche ricevuta in dono da Pelle e domanda: «Cosa mi conviene farne?».

«È come denaro contante» gli risponde lei, «puoi scegliere di giocarla, oppure di cambiarla e andare via.»

Aaron riflette: pensa che non avrebbe senso entrare al Gran Casinò di Praga soltanto per incassare poche corone. Meglio sarebbe riuscire a trasformare quello scintillante pezzo di plastica in un bel po' di soldi. Sfidando il caso, per la prima volta: anziché tentare di addomesticarlo come sua madre gli ha insegnato, fin da quando era bambino.

Accalcate attorno ai tavoli da gioco, Aaron vede persone eleganti e su di giri: tormentate da sbalzi d'umore.

Euforia e sconforto. Gioia e dolore: proprio come nelle chiese, dove matrimoni, battesimi e funerali sfilano in un'alternanza di stati d'animo lontanissimi dalla neutralità. Alla roulette, in un turbinio da criceto laborioso, la pallina in avorio gira a lungo prima di rallentare, perdere potenza, rimbalzare fra le tante caselle disponibili, e decretare, infine, il numero vincente. Stretta in mano, Aaron tiene la sua fiche rettangolare: sono solo cinquecento corone ma, come gli ha spiegato Pelle, diventeranno quasi ventimila se lui indovinerà il numero giusto.

«Due anni di mance in un solo istante!» Sì, ma quale numero giocare? Ad Aaron ne vengono in mente tre: 16, gli anni di Crystal, 36, quelli di sua madre, e 18, la sua età. Tutti numeri possibili, stampati in rosso sul panno verde che gli sta davanti. In gioco già ci sono tante fiche colorate quando il croupier libera la pallina dalle sue dita esperte, offrendole la propulsione necessaria a girare vorticosamente. Le puntate si susseguono l'una dopo l'altra: a piazzarle sono quasi tutte mani vecchie, magre: con la pelle sottile, e le vene in risalto contro le macchie del tempo.

«Fate il vostro gioco signori. Fate il vostro gioco!» incita il croupier mentre Aaron ammira confusamente il frenetico incrociarsi di mani e di colori in quel piccolo spazio, assai simile a un biliardo: il panno verde, una pallina che rotola e rimbalza. Qui, però, l'abilità non serve, ma soltanto la fortuna.

No. L'età di Crystal non vuole giocarla.

Invece punterà il 18.

Prima, però, bacia la fiche. Come se quel rituale pagano potesse davvero cambiare qualcosa.

«*Rien ne va plus*» annuncia il croupier.

E Aaron posa la sua fiche sul numero 18.

Immediatamente, uno scandalizzato borbottio sgorga dalle labbra dei giocatori che, interdetti, si voltano verso di lui: perché ormai è troppo tardi. Quando il croupier dice «*Rien ne va plus*» le puntate non si possono più accettare! È una regola ferrea di tutti i casinò del mondo! Ma questo Aaron non lo sa.

I cubetti di ghiaccio risuonano nei bicchieri di gin tonic, e la pallina continua a rimbalzare tra una casella e l'altra della roulette quando il croupier, col suo *rateu*, scalza la fiche di Aaron dal numero sul quale l'ha appena sistemata e gliela restituisce.

«Ma, come?»

La pallina, intanto, finisce i suoi rimbalzi tra mille sospiri.

«18. Rosso» annuncia il croupier.

Aaron è furibondo! Il numero che lui ha puntato è uscito: ma la sua fiche è stata esclusa dal gioco. Perché?

È molto agitato adesso. Si vergogna: ma trova comunque il coraggio di chiedere spiegazioni. Dice che quel numero lui l'ha puntato prima che la pallina si fermasse. Dice che è un fatto ingiusto. E pensa a quanto avrebbe potuto guadagnare in caso di vittoria. Si agita: e solleva il tono della voce, suscitando scandalo fra i giocatori più esperti.

Subito il croupier si affretta a spiegare ad Aaron il significato delle parole "*Rien ne va plus*". Allora lui capisce e, in imbarazzo per il trambusto causato, si scusa: i giocatori, però, continuano a guardarlo male.

Accidenti! Se non avesse baciato la fiche prima di posarla sul tavolo da gioco avrebbe vinto un sacco di soldi. È deluso: ma si rende conto di averla ancora tra le mani. Ora che le regole gli sono state chiarite lui potrà puntarla su un nuovo numero. Sì, ma quale? Il 18 è appena uscito: e, per il calcolo delle probabilità, difficilmente potrà ricapitare. Dunque punta il 36. In tempo, questa volta.

Pensa di aver scelto bene. Invece, inspiegabilmente, la pallina si ferma ancora sul 18.

È il croupier ad annunciarlo fra lo stupore e la sorpresa di tutti.

Incredibile! Non c'è altra spiegazione! Il destino vuole che, oggi, Aaron vinca: e che diventi milionario.

No! Non può andar via così. Lui i numeri li sente davvero! E questa dev'essere proprio la sua serata fortunata. Ci vuole costanza, però. Uno non può mica pretendere di arricchirsi in cinque minuti!

Con questi pensieri Aaron si dirige verso lo sportello dorato del cassiere: ha l'adrenalina del predatore. E vuole continuare a giocare.

(...)

Adesso è appena passata la mezzanotte. Aaron si trova in un impeccabile bagno degli uomini e si è appena lavato la faccia con l'acqua gelida. Ha gli occhi rossi. Ed è in preda al panico. Dietro di lui un uomo anziano sta orinando con difficoltà in uno dei vespasiani. È magrissimo, e la testa gli trema per gli spasmi del Parkinson.

Aaron si guarda allo specchio. Non sa più che fare.

Per tutta la sera ha rincorso con costanza il 18 e il 36, ma loro hanno continuato a beffarsi di lui. A uscire sempre quando non li puntava. Sembrava che lo facessero apposta. E, ora, lui non ha più nulla: niente. Neanche un centesimo. Ha perso tutto: perfino i soldi vinti al torneo di biliardo. Come farà a raggiungere lo studio del notaio Porcic a Zagabria? È vero, il viaggio in treno è coperto dal biglietto di Interrail. Ma dove potrà dormire? E cosa mangerà nei cinque giorni che lo separano dall'apertura del testamento?

Immobile davanti allo specchio, Aaron si vede pallido come mai prima d'ora e si rende conto di avere sbagliato. Tutto gli è sfuggito di mano. Ma, come è potuto accadere?

Lo specchio nel bagno degli uomini del Gran Casinò di Praga è pulitissimo e una sfilza di faretti lo illumina come un palcoscenico: tanto che Aaron può vedere il suo tormento riflesso con una nitidezza spettacolare. È un istante drammatico nella storia della sua giovinezza. Almeno fino a quando si ricorda di aver nascosto in un calzino una banconota da cinquanta sterline, per le emergenze.

Allora si china.

Con le dita cerca quegli ultimi soldi. Li srotola, li allunga davanti a sé: fino a rendersi conto che cinquanta sterline sono troppo poche per coprire le spese dei prossimi cinque giorni, ma che, puntandole sul rosso o sul nero, potrebbe facilmente raddoppiarle. Con cento sterline sarebbe più facile pagare gli ostelli di Vienna e Lubiana: e procurarsi il cibo necessario.

Sì, è proprio una buona idea. E sta quasi per metterla in pratica quando l'uomo malato di Parkinson richiama la sua attenzione dall'angolo buio in cui si trovano i vespasiani.

Aaron lo guarda. Prova pena per lui. È un uomo stanco. Malato. E con fatica si tira su la patta.

«Vattene via! Vattene subito di qua!» gli dice, mentre Aaron rimane immobile e in silenzio. «Sei fortunato ad aver perso. Perdere al casinò non è grave. Vincere è molto più pericoloso, significa provare un'emozione talmente intensa che dopo nulla più ha lo stesso valore. Ritieniti privilegiato, dunque, e scappa via da questo posto che in quarant'anni ha rovinato la mia vita, oltre a quella di tanti altri!»

Aaron e il vecchio si guardano attraverso il riflesso perfetto offerto dallo specchio. Occhi sinceri: galleggianti in stagni di lacrime trattenute. Un minuto dopo, Aaron restituisce la camicia presa a nolo. È intrisa di un odore che la guardarobiera conosce bene. È l'odore di chi ha perso. Pungente, inconfondibile e lontanissimo dalla felicità.

(...)

Praga: buio pesto. Aaron è ritornato all'ostello e sta cercando di addormentarsi. Ma i suoi pensieri imbizzarriti lo tengono sveglio mentre gli altri, intorno, dormono. Vorrebbe svegliare Golan, che giace poco lontano da lui. Ma si vergogna di disturbare il suo sonno e di confessargli ciò che ha fatto. Quasi tutto il denaro necessario a raggiungere Zagabria è andato perduto. Ma perché? Perché il destino gli ha fatto incontrare il vecchio con la testa tremolante soltanto alla fine: e non prima? Lui, con le sue parole, avrebbe potuto metterlo in guardia per tempo. Invece era apparso troppo tardi.

Aaron è deluso. Sente forte il rancore contro Pelle.

È stato lui a donargli quella fiche avvelenata. È arrabbiato anche con i casinò, che lasciano entrare i ragazzini della sua età. Ed è arrabbiato con il caso, che si è beffato di lui facendo uscire i numeri giusti nei momenti sbagliati. La colpa, insomma, è tutta degli altri, ma non sua. Aaron, piuttosto, si sente vittima. Soprattutto di Praga, che lo ha sedotto con la sua grondante bellezza: ma, poi, lo ha derubato.

Meglio lasciarla, scappar via, raggiungendo in fretta la stazione: e partendo con il primo treno possibile senza nemmeno curarsi di dove sia diretto.

(...)

Alle quattro del mattino, Praga appare ad Aaron improvvisamente demoniaca e avversa: soprattutto la sua stazione ferroviaria, rimbombante per i passi scoordinati degli ubriachi. I bagni, che Aaron è costretto a usare, sono luridi. La loro puzza è tanfo.

Un ragazzino è appena uscito da uno dei gabinetti. Ha il labbro rotto e, dopo essersi asciugato il sangue con la manica di una felpa rosa, conta i soldi che tiene in mano e li infila frettolosamente in una scarpa, sotto il tallone. L'uomo che lo ha appena pagato per conciarlo in quel modo sta correndo via coprendosi il volto. Il ragazzino, intanto, si avvicina ai rubinetti, si sciacqua la bocca, fa dei gargarismi, si lava la faccia e si guarda allo specchio per pettinarsi. Lo fa con calma e con cura. Una misteriosa armatura ispessita dalla rassegnazione e dalla consuetudine sembra in grado di proteggerlo da qualunque dolore.

Aaron invece soffre perché l'armatura, lui, non ce l'ha. Allora corre verso il tabellone delle partenze e scopre che il primo treno è diretto a Bratislava e non a Vienna.

"Tanto meglio" pensa, rendendosi conto che mancano ancora quattro giorni all'apertura del testamento e che le cinquanta sterline rimastegli frutteranno molto di più in Slovacchia che in Austria.

Chissà perché suo padre ha voluto farlo viaggiare in quel modo: esponendolo a tanti rischi e problemi: quando, invece, sarebbe bastato mandargli un biglietto aereo, per raggiungere Zagabria in meno di tre ore. Ecco: sì. È anche colpa di suo padre. Aaron lo pensa: e subito se ne convince. Dare la colpa a chi non può più ribattere. Il cervello lo fa in continuazione. Uno stratagemma di cui si serve per andare avanti. Perché la colpa, tutta intera, è difficile da sopportare. Allora la mente la scompone. La suddivide in spicchi. Un po' di colpa ad Aaron, un po' di colpa al destino, un po' di colpa al casinò: un altro spicchio a Pelle e altri due a suo padre. Fino a che tutto, così ben distribuito, diventa sopportabile. E fa meno paura.

Nel raggiungere il settimo binario, dove il treno è già pronto ad accogliere i primi passeggeri del mattino, Aaron scorge l'insegna di un internet caffè. Piccolo e con gli sgabelli scomodi davanti a monitor di computer sgangherati che giacciono al suolo, come residuati bellici ricoperti di polvere. È pieno di rabbia, adesso. Ma la speranza che Crystal gli abbia finalmente risposto apre le sue labbra in un sorriso. Questa volta è assai ottimista. Il suo ultimo messaggio – quello scritto dal Baghdad Café di Amburgo – era un capolavoro di motivazione e diplomazia. Sì. Crystal ne sarà rimasta profondamente impressionata: si sarà sentita in colpa per tutto il dolore che gli sta causando e avrà risposto. Certo che l'avrà fatto! In un modo o nell'altro le cose potranno riprendere a funzionare come prima. Loro due ricominceranno a scriversi e a parlarsi ogni giorno, come d'abitudine.

Accanto a un pilastro, un uomo ha da poco finito di orinare. Il suo piscio ancora tiepido fuma nel gelo della stazione, ma Aaron va talmente di fretta che non si accorge di quella pozza malsana e ci scivola sopra, cadendo, e sbattendo la faccia a terra.

Il piscio adesso è dappertutto: sulle mani e nei vestiti. Gliene è schizzato un po' perfino sulle labbra.

«Vaffanculo Praga!» urla istintivamente Aaron, che a rientrare nei luridi bagni pubblici della stazione per lavarsi non ci pensa neanche. Allora apre lo zaino e si cambia lì, davanti alle poche persone presenti. Nel farlo tira fuori una boccetta di gel disinfettante e lo spalma ovunque, anche sulla bocca. Il liquido, appiccicoso, ha un sapore amaro e pungente. Ma ucciderà i batteri.

Maledizione! Ci mancava anche questa!

Senza contare che il treno sta per partire.

Non resta molto tempo per raggiungere l'internet caffè. Il titolare vuole essere pagato in anticipo. Fortuna che Aaron trova qualche moneta nella tasca. E così, appena può, si accomoda alla meglio su uno sgabello traballante tenendo in grembo lo zaino. Ha paura che Praga gli porti via anche quello.

Dopo tante sventure ha proprio bisogno di una buona notizia.

Esasperato dalla stanchezza, dal sonno arretrato, dalla rabbia per aver perso quasi tutti i suoi soldi al casinò accede online al sito di incontri che gli ha permesso di conoscere Crystal.

Come al solito, la sezione dei messaggi in arrivo è ricca di proposte formulate da persone che – pur non avendolo mai visto – gli propongono le più disparate cose, in un alternarsi di pulsioni e romanticismo capace di spaziare da "*Will you rim?*" a "*Will you marry me?*". Eppure, la risposta di Crystal non c'è.

Con un pugno, Aaron si colpisce violentemente la gamba. Lo fa sempre più rapidamente. Sempre più forte.

Ha bisogno di sentire un altro dolore.

"Esisto solo se vado bene a te, brutta stronzetta! Se ti obbedisco! Se mi lascio ammaestrare! Ha ragione Gennarino: sei una manipolatrice del cazzo! Ecco cosa sei! Una sadica! Incapace di empatia. E anche d'amore. Tu non vuoi il mio bene! Non ti interessa la mia felicità!" comincia a scrivere, e quando ha finito abbandona il volto tra le mani aperte: per nascondere il dolore che prova e, forse, anche le lacrime.

È sfinito. Tra pochi minuti il treno partirà.

Non c'è tempo per rileggere.

Restano solo pochi istanti per decidere se inviare o cancellare tutto ciò che è stato scritto.

(...)

Broadstairs. Diciassette marzo. Le tre del mattino. Nonostante i sonniferi, Anja non riesce a dormire. Ha promesso a suo figlio che, se fosse capitato di nuovo, avrebbe fatto un bagno caldo, per rilassarsi. Infatti, ora, sta tagliando quattro limoni con un coltello dal manico bianco: vuole trasformarli in sedici quarti che, presto, galleggeranno scompostamente nel piccolo stagno provvisorio della sua vasca.

Mentre taglia i limoni, Anja immagina che suo figlio si trovi a Brighton, poco lontano da casa. Non sospetta che Borna, da morto, lo abbia chiamato a sé: né che Aaron – adesso – stia per raggiungere Bratislava dopo aver perso un sacco di soldi al casinò. Per non parlare dell'incontro con la prostituta ad Amburgo e della pastiglia di Substitol che tiene in tasca!

La vasca ci mette parecchio a riempirsi: perché il calcare infesta la sottile rete metallica che filtra lo scorrere dell'acqua, rallentandola.

Nel frattempo, Anja accende una candela e quando tutto è pronto si immerge fra i limoni galleggianti. Aaron ha ragione, è proprio un bel modo per prendersi cura di sé: infatti, ora, lei sta riuscendo a rilassarsi e a raggiungere uno stato di tranquillità assai raro.

Resta così, Anja. Immobile. A godere di quel benessere insperato: fino a che i ricordi arrivano in armi a scuotere il fragile castello della sua mente.

Istintivamente, cerca di combatterli.

Chiude gli occhi: si concentra sul profumo dei limoni. Sfiora piano con le dita la loro buccia liscia e dura e si aggrappa a quella rara estasi provvisoria che finalmente è riuscita a conquistare. Ma non è facile, perché i ricordi si ribellano al suo desiderio di benessere: come se volessero punirla.

Mentre tutto accade, Anja continua a tenere gli occhi chiusi e a lottare contro il suo passato che, all'inizio, si presenta in forma di polaroid sconnesse.

La prima immagine è bianca.

Anja ha diciassette anni quando, insospettita dal prolungato ritardo del suo ciclo mestruale, si chiude in bagno. Versa un po' di bicarbonato in un bicchiere e, complicatamente, riesce a orinarci dentro. L'infinità di bolle provocate dalla mistura dei due elementi le svela di essere incinta. Appresa la notizia, sua madre la strattona e la implora. Vuole sapere chi è il padre del bambino. Ma lei resta in silenzio e non risponde.

La seconda foto è grigia.

Anja si trova a casa degli zii paterni in un piccolo villaggio, lontanissimo da Zagabria, ma vicino ai sanguinosi confini con la Serbia. I suoi genitori l'hanno esiliata lì pur di tenere nascosta quella vergognosa gravidanza senza padre. Ad Anja il silenzio della campagna piace. Sua zia è affettuosa e le vuole bene. Insieme trascorrono interi pomeriggi a giocare con le caprette e a scegliere il nome della creatura che tiene in grembo. Se sarà femmina si chiamerà Elisabetta. Altrimenti si chiamerà Aaron.

La terza foto è rosa.

Anja ha da poco compiuto diciotto anni ed è alla stazione di Zagabria con Aaron in braccio e il passaporto fra le dita. Ha appena rubato agli zii i risparmi di una vita e sta per fuggire dalla Croazia con un visto turistico nella speranza che l'Inghilterra riconosca a lei e a suo figlio lo status di rifugiati.

Non vuole più vergognarsi di essere madre.

Per vivere, ha scelto la cittadina costiera di Broadstairs, perché qui ha abitato lo scrittore Charles Dickens. Nel leggere i suoi libri – pieni di orfanelli resi ricchi da eredità inaspettate – Anja ha trovato la speranza e si è convinta che, in quella graziosa cittadina sul mare, lei e suo figlio potranno vivere felici.

La quarta foto è nera.

Ormai da due anni Anja vive a Broadstairs. Ha trovato lavoro come donna di servizio: è molto magra e mangia solo quando può. Aaron è spesso ammalato e oggi ha la tosse perché il tugurio in cui abitano è umido e freddo, ma i soldi per ricaricare la chiavetta del gas non ci sono. Invece lo sciroppo per la tosse c'è. Quello con la codeina: che la mutua passa alle famiglie bisognose.

Anja riempie un cucchiaio con lo sciroppo e tenta di infilarlo nella bocca di Aaron. Ma lui glielo sputa addosso. Lei, adesso, ha la faccia piena di un liquido rosso che sembra sangue, nonostante profumi di lampone. Suo figlio, intanto, continua a tossire e a strillare. Sembra farlo apposta, per sfidarla. Anja allora guarda la bottiglia dello sciroppo e pensa che se glielo facesse ingoiare tutto lui morirebbe e finalmente la smetterebbe di ammalarsi, di tossire e di tormentarla. È un ricordo atroce, escluso dalla memoria, ma ritornato all'improvviso ad attestare quanto lei, pur amandolo, abbia anche detestato suo figlio.

Ecco perché Anja, nella vasca da bagno con i pezzi di

limone galleggianti sull'acqua trasparente, apre gli occhi e strilla. Strilla più forte che può. Lo fa perché ha paura. Ha paura di sé e di ciò che ha desiderato in un momento di esasperazione e sfinimento. Allora, d'un balzo, salta fuori dalla vasca, ma scivola. E quando cade resta a terra, grondante d'acqua. A tremare. A maledirsi per essere stata una pessima madre e a vergognarsi di quel ricordo tanto oscuro, emerso dall'inconscio con la forza di un drago a sette teste.

Contro di lui, Anja riempirà un bicchiere d'acqua e ci verserà dentro tante gocce di sonnifero. Molte, ma non tutte.

Tutte sarebbero troppe: e troppe sarebbe sbagliato.

Perché c'è il mutuo da pagare. E la morte è un lusso da milionari.

(...)

Praga. Diciassette marzo. Nel gelo spettrale della stazione, una voce arrugginita da altoparlanti stanchi annuncia che il treno per Bratislava è in partenza dal settimo binario. Aaron è stravolto. Ha appena inviato a Crystal un'email traboccante di rabbia e di dolore, ma si è già pentito. Sa bene che le conseguenze di quel suo gesto saranno irreparabili.

A bordo del treno, per fortuna, non ci sono passeggeri: ma soltanto un uomo anziano che pulisce alla meglio i vagoni, trascinando un sacco pieno di giornali e di lattine vuote.

Fra tutti gli scompartimenti disponibili, Aaron sceglie il meno squinternato e si siede accanto al finestrino. Il vetro è gelido e il riscaldamento resta spento fino alla partenza quando, in orario, il treno comincia a macinare a fatica i tanti chilometri che lo separano dalla Slovacchia, terrorizzando un branco di lepri che – spaventate da tanta improvvisa dirompenza – fuggono via, perdendosi nell'invernale vastità d'intorno. La neve, recente e leggera come il talco, corre lungo i binari e si trasforma in vaporoso turbinio, quando la mole dei vagoni la scompone.

I passeggeri salgono e raramente scendono, affollando il treno con le loro valigie smisurate, il loro vociare, l'odore delle uova sode portate al seguito e quello altrettanto nauseante di certa acqua di colonia da supermercato. EAU DE MERDE scrive Aaron con il dito sulla brina del finestrino accanto a sé.

Al confine con la Slovacchia, una distesa di bianco ingolfa le valigie dei viaggiatori, sommergendo fino al polpaccio le gambe di chi, a fatica, cerca di salire a bordo.

Qui, in questo luogo altero e surreale, i controllori cambiano: i cechi scendono e salgono gli slovacchi, appesantiti da elefantiaci borsoni colmi di inattualità: moduli, carta carbone, gomme da cancellare, righelli e temperini.

Loro i biglietti li timbrano, anziché obliterarli.

Il capotreno, nel frattempo, annuncia qualcosa al microfono.

Lo fa soltanto in slovacco: come se si trattasse di una lingua universale. Aaron tenta di comprendere almeno qualcuna delle sue parole: ma non ci riesce.

«Cosa dicono?» domanda alla giovane suora che è appena salita a bordo, e si è seduta di fronte a lui.

Con gli scarponi gocciolanti di neve, la religiosa riferisce che i lavori in corso per modernizzare la linea ferroviaria rallenteranno il loro viaggio, ritardando l'arrivo a Bratislava di mezz'ora.

«È una bella città?» domanda ancora Aaron.

E la suora gli risponde che a Bratislava lei preferisce i paesi con pochi abitanti: quelli che offrono il conforto della piccola dimensione.

Aaron fa cenno di non capire.

«I centenari sono rari nelle metropoli, ma abbondano a Kúty, nel villaggio slovacco in cui sono nata e cresciuta. In piccoli centri del genere è più facile sviluppare rapporti profondi e amorevoli, basati sulla solidarietà e sulla comprensione.»

Aaron pensa a Broadstairs, a sua madre e a Gennarino.

Poi, subito dopo, per contrasto, gli vengono in mente Praga e Amburgo: grondanti di bellezza, ma ingannevoli.

«È vero» dice alla suora, «le grandi città non sono affatto luoghi ideali. Danno a piene mani: ma poi ti confondono. Proprio come Praga che, dopo avermi inondato di bellezza, mi ha portato via quasi tutto. E io mi sono lasciato derubare.»

La suora si accorge che Aaron ha da poco cominciato a esercitarsi nelle acrobazie della vita, e tenta di rasserenarlo.

Gli dice: «Per una gazzella cadere è disastroso. Se la gazzella cade il leone non la perdona. La sbrana: e se la mangia. Per noi no. Per noi esseri umani, nella maggior parte dei casi, l'errore è addirittura vitale: perché ci consente di migliorarci.

Il ginnasta che finalmente sale sul podio e indossa con orgoglio l'oro olimpico deve quella medaglia a tutte le volte in cui è caduto. Perché ogni caduta gli ha permesso di mettere in luce una nuova debolezza e superarla. Chi non si esercita nelle acrobazie della vita, chi non cade, non potrà mai diventare un campione.»

Ad Aaron la giovane suora piace. È capace di sdrammatizzare le sue colpe. Allora lui le racconta del testamento, degli amici francesi che ha conosciuto ad Amburgo, del Gran Casinò di Praga e perfino della prostituta.

Ha bisogno di essere assolto.

In silenzio, la giovane suora ascolta: anche quando Aaron le riferisce per filo e per segno l'astrusa vicenda sentimentale che lo lega a Crystal: «Gennarino ha rovinato tutto! Mi ha suggerito di darle un ultimatum. E io l'ho fatto. Faccio sempre tutto quello che dicono gli altri:

e mai quello che voglio io. Faccio ciò che mia madre si aspetta da me. Per non deluderla. Ogni tanto lascio vincere Gennarino a biliardo per paura che la mia bravura lo scoraggi a giocare di nuovo con me. In gelateria sono il primo ad arrivare e l'ultimo che se ne va. Ma perché? Perché do sempre tanto per avere così poco in cambio?».

La suora non ha mai conosciuto Gesù, eppure ha scelto di dedicargli interamente la sua vita. Gesù, appunto. Ma cosa potrà mai avere di mistico e divino una ragazzina capricciosa come quella che Aaron ha conosciuto online? Come è riuscita lei a provocare in lui tanta fervente devozione?

«Questo silenzio, questo isolamento cui Crystal mi ha condannato, io ho cercato di interromperlo in tutti i modi, già a Broadstairs, prima di partire. Sono stato gentile, mi sono scusato. Ad Amburgo, poi, le ho raccontato tutto il dolore che il suo silenzio mi stava causando. Le ho aperto il cuore. Ma lei ha continuato a non rispondermi, come se non esistessi. Fino a che, alla stazione di Praga, ho perso la pazienza e l'ho insultata. Le ho scritto che non può continuare a trattarmi così. Che deve smetterla di manipolarmi e di punirmi! E invece lei continuerà a farlo. Ne sono certo.

Ma perché? La prego, mi aiuti a capire!»

E la suora lo aiuta.

Per lei è semplice rispondere ai dubbi di Aaron. La questione, nella sua mente, è di facile risoluzione. A sorprenderla, invece, è quel ragazzo che, da più di un anno, si sta perdendo in un bicchier d'acqua.

«Ci possono essere mille motivi – giustificabili o meno – per cui Crystal si sta comportando in questo modo. Tu non li conosci e lei ha scelto di nasconderteli. Il suo silenzio, però, ti sta facendo soffrire e non riesci ad accettarlo, perché – da persona affidabile e corretta quale sei – ti aspetti che gli altri si comportino allo stesso modo con te. Ma questo non potrà accadere sempre. Perché, nel bene e nel male, le persone hanno il diritto di esistere così come sono. Anche se non ci piace. Anche se ci fa male.»

«Hanno perfino il diritto di manipolarci? Di scomparire per settimane, senza mai risponderci? Di andare via così, senza dare spiegazioni?»

«E perché no? Una volta, a Bratislava, sono stata ad assistere al recital del più grande pianista vivente: il russo Grigorij Lipmanovič Sokolov. Per risparmiare sul costo del biglietto ho acquistato un posto nei banchi del coro, dalla parte opposta del palco. Il pianoforte distava da me due o tre metri e potevo vedere il pubblico, la platea e la galleria. Quella notte, Grigorij Lipmanovič Sokolov ha suonato magnificamente per due ore. Poi, alla fine del concerto, ci ha regalato sette brani fuori programma. Brevi, ma preziosi. Tra questi *I ciclopi* di Rameau.»

Aaron proprio non riesce a capire cosa c'entri questo pianista russo dal nome impronunciabile con i silenzi di Crystal. Ma della suora si fida. Dunque continua ad ascoltarla.

«A mano a mano che i brani fuori programma si susseguivano, alcuni spettatori hanno cominciato a lasciare il teatro. All'inizio erano soltanto una decina, poi sono diventati trenta, cinquanta, cento, duecento, cinquecento: fino a che il teatro è rimasto quasi vuoto.

Naturalmente, Grigorij Lipmanovič Sokolov non se ne è curato, e ha continuato a fare ciò che più desiderava: suonare per chi era rimasto ad ascoltarlo. Solo questo contava per lui. Gli altri – quelli che hanno lasciato la sala perché dovevano prendere l'ultimo treno per Praga, o, magari, erano preoccupati per aver lasciato a casa un figlio ammalato, o un anziano genitore da accudire; coloro che, semplicemente, ne avevano avuto abbastanza di tutta quella bellezza e ne erano ormai sazi – non avevano provocato in lui alcun dolore.»

«Ma cosa c'entra tutto questo con Crystal?»

«Vedi Aaron, il pubblico, quel giorno, andando via mentre Sokolov stava offrendo loro il suo talento, non l'ha fatto con cattiveria, non ha espresso un giudizio di merito. Non ha voluto dire: "Sokolov, tu non vali abbastanza perché io rimanga ad ascoltarti". In nessuna di quelle persone – credimi – c'era il desiderio di ferirlo, di mancargli di rispetto o di fargli del male. Eppure sono andate via lo stesso: perché così avevano scelto di fare, ritenendolo – evidentemente – giusto e conveniente.

Il fatto che Crystal ti abbia lasciato solo, mentre continui a offrirle tutto l'amore di cui sei capace, non significa che tu abbia sbagliato qualcosa o che il tuo valore non sia sufficiente a meritarla. Crystal – proprio come gli spettatori che hanno lasciato la sala mentre Sokolov continuava a suonare – agisce così perché questo è ciò che vuole. Ciò che ritiene necessario.

Ora, ti chiedo: tu riesci ad accogliere i suoi silenzi senza soffrirne e senza giudicarli?»

«No. Non ce la faccio più a sopportare tanta cattiveria.»

«E se, anziché cattiveria, la chiamassimo incompatibilità? Sarebbe un bel modo per vedere Crystal da un altro punto di vista e decidere, senza rancore, se valga la pena continuare a suonare per lei oppure no.»

«Il pianista russo lo ha fatto: lui ha continuato a suonare.»

«Sokolov ha continuato a suonare per chi è rimasto. Non ha certo sprecato le sue energie addolorandosi per chi sceglieva di andar via. Ma te lo immagini il più grande pianista del mondo che si alza in piedi e, dal centro del palco, strilla al suo pubblico: "Perché state andando via mentre io continuo a suonare? Mi state mancando di rispetto! Rimanete al vostro posto! Non potete comportarvi così!". Diventerebbe patetico, perderebbe tutto il suo prestigio.»

Aaron sorride.

«Dimmi, ragazzo: nella tua vita chi c'è? Chi resta? Chi merita il tuo talento?»

E, mentre Aaron fatica a trovare una risposta, la voce del capotreno annuncia:

"Signori viaggiatori, siamo in arrivo nella stazione di Kúty."

Non c'è più tempo per parlare. La suora si alza, accarezza Aaron sulla fronte, e lui pensa che una madre così gli sarebbe piaciuta. Nel frattempo lei mima con le mani il gesto di suonare il piano.

«Suona, Aaron. Suona per te e per chi lo merita» dice un attimo prima di scendere dal treno.

(...)

Fin da subito, la stazione di Bratislava sembra ad Aaron un luogo dell'altro mondo. Il deposito dei bagagli pare uscito da un film muto e gli sportelli in vetro della vecchia biglietteria – quella ormai in disuso – sono rotti e grondanti di schegge. Eppure, nonostante tutto, la modernità è riuscita a insinuarsi anche lì dentro. Aaron la scorge negli ambiziosi distributori automatici che, oltre al tè e al caffè, propongono l'esotismo del cappuccino aromatizzato al caramello.

In antitesi, dal giornalaio, "Playboy" è una rivista ancora in voga e il tabellone dei treni in partenza è ferroviariamente primordiale. Le uniche grandi città raggiungibili senza dover affrontare avventurosi cambi sono Berlino, Amburgo, Vienna, Praga, Budapest e Belgrado.

Agli occhi di Aaron, la stazione di Bratislava è incomprensibile, piena com'è di annunci espressi in una lingua a lui sconosciuta. Soltanto l'ufficio informazioni si premura di esporre un lapidario avviso in inglese: "Qui si forniscono esclusivamente notizie riguardanti i costi e gli orari dei treni". Non saranno loro, dunque, a supportarlo nella ricerca di un ostello a buon mercato.

Per fortuna, lo sportello del cambio valuta è aperto e

la ragazza che lo presidia è sorridente. Aaron le porge le cinquanta sterline che gli sono rimaste e lei, in cambio, gli consegna due banconote azzurre e qualche moneta.

«Così poco?» chiede Aaron ricordandosi che ad Amburgo il cambio era stato assai più favorevole. Ma la donna – fino a quel momento capace di esprimersi in un buon inglese – ora sembra non capire più: «*Commission! Commission!*» continua a ripetere attraverso lo spesso vetro che la separa da tutti gli altri, facendo cenno con la mano di non voler sentire altre lamentele.

Aaron è preoccupato. Mancano ancora quattro giorni all'apertura del testamento di suo padre, e i soldi che gli restano sono troppo pochi.

Cosa mangerà d'ora in avanti?

Le vicine bancarelle, intanto, propongono cotolette fritte il giorno prima e con l'impanatura ormai molliccia. Ci sono anche grossi würstel piccanti accompagnati da un'invidiabile selezione di sottaceti.

Un ragazzo con indosso un paio di guanti rosa anneriti dall'incuria si sta soffiando rumorosamente il naso. Non sono ancora le dieci del mattino: eppure è già ubriaco. Mostrandogli una mappa, Aaron tenta di spiegare che ha bisogno di raggiungere il centro. Il ragazzo in guanti rosa, allora, indica le scale mobili, suggerendogli di prendere il tram numero due: che è fermo lì sotto, al capolinea.

Aaron avrebbe pure i soldi per comprare un biglietto, ma, per risparmiare, sale a bordo senza il titolo di viaggio. A mano a mano che il tram procede verso il centro, il castello di Bratislava appare in lontananza e, pian piano, tutto comincia a velarsi di un'aura fiabesca che il Danubio presto arricchirà d'incanto.

(...)

Galles, periferia di Cardigan. Una stradina malamente asfaltata. Una breve fila di casette sbilenche dalle facciate bianche, gialle e azzurre. Colori sbiaditi, stinti dalla pioggia. Un arcobaleno di povertà che la ruggine delle grondaie rattrista almeno quanto le tubature pluviali che sfiorano le finestre prima di raggiungere il marciapiede: anch'esso scempiato dal tempo. Gli scarsi lampioni sono ancora accesi e sembrano spettrali, come quelli del vicino cimitero.

Eliseo e Deanna vivono qui ormai da vent'anni. Hanno visto Crystal crescere. Era una bambina bellissima.

Nuorese lui, inglese lei, lavorano entrambi come infermieri al Memorial Hospital di Cardigan e sono sempre stati vicini di casa ideali. Discreti e silenziosi.

Poche ore fa Aaron ha scritto a Crystal dalla stazione dei treni di Praga. Parole nuove, severe, ormai vicinissime alla rottura. Era notte a Praga: ancor più fonda nel Galles, per via del fuso orario.

Dopo un sonno ristoratore, Eliseo ha appena aperto gli occhi e sta accarezzando Deanna sulla fronte, dolcemente, prima che la sveglia scatti a interromperne il sonno con un trillo perentorio. Il silenzio è accompagnato soltanto dal picchiettar di pioggia contro i vetri. Poi, d'improvviso, nella camera da letto di Crystal, distante soltanto lo spessore di una parete, esplode la disperazione.

«*Basta! Basta! BASTA!*» si sente urlare come nel rapido *crescendo* di un Bolero. E, poi, vetri che si spaccano: un bicchiere o, forse, un vaso lanciato contro la finestra.

«È meglio che vada a vedere cosa sta succedendo» dice Deanna stropicciandosi gli occhi e mettendosi a sedere sul letto.

«Lascia perdere» le risponde Eliseo.

E, tenendole stretto il polso, la ferma: «Non c'è da immischiarsi. Non sono affari nostri» insiste col tono di chi è abituato a comandare.

«*BASTA!!! BASTA!!! BASTAAAA!*» strilla al di là della parete una voce sempre più cavernosa e fuori di senno.

«Ti prego, lasciami andare» implora Deanna.

Ma Eliseo continua a stringerle il polso.

È il suo modo di proteggerla. Di dimostrarle che la ama.

(...)

Aaron sta esplorando il centro storico di Bratislava alla ricerca di una sistemazione per la notte. A fargli compagnia ci sono i palazzi Liberty giallo ocra, le vecchie insegne delle farmacie, gli alberghi con il prezzo delle camere esposto alle finestre, l'antico negozio di automobiline d'epoca, il nevischio e il vento. Un vento da bufera che scompone vorticosamente il velo e l'abito indossati – nel giorno delle nozze – da una giovane donna.

Adesso, i due sposi stanno posando per un fotografo spazientito, mentre, poco lontano da loro, pezzi di tegole cadono dai tetti frantumandosi sul ciottolato liscio della strada. È ancora mattina, ma i ristoratori, servendosi di gessetti colorati, già cominciano a scrivere su piccole lavagne i loro allettanti menu.

Le cameriere dei caffè, nel frattempo, servono tazze di cioccolata fumante guarnite da generose porzioni di panna montata. D'intorno regna un'eleganza piccola, innata e un poco mesta.

Praga 290, Berlino 555, Parigi 1094, Roma 783, Budapest 165. Queste le distanze chilometriche fra Bratislava e il resto del mondo. A chiarirlo è un quadrante incastonato nella pavimentazione della città vecchia, le cui vetrine sono gremite d'ordine e di ambizione.

I caffè alla moda e le botteghe degli antiquari riescono certo a riscattare il centro storico della città dal suo passato in bianco e grigio, ma la mostra fotografica di Andrej Balco svela ad Aaron l'impietosa verità dei sobborghi slovacchi: quelli che Bratislava sembra voler dimenticare a tutti i costi.

In una foto poveramente incorniciata, ragazzini orfani del mare prendono il sole sui tetti diroccati delle loro case, sfoggiando costumi da bagno multicolore. In un'altra immagine, un'anziana signora porta al guinzaglio la capra che le garantisce il latte del mattino e qualche chilo di formaggio. Un terzo scatto ritrae un uomo appena rientrato a casa: dal portabagagli della sua Lada spunta l'enorme testa insanguinata di una scrofa.

Con le immagini di Andrej Balco ben impresse nella mente, Aaron raggiunge Vysoká: la più hippy fra le vie bratislavensi.

Qui i colori abbondano, l'odore di fritto regna e i prezzi diminuiscono.

Fra le tante casette variopinte, lì intorno, Aaron scopre un ostello il cui gestore è disposto ad accoglierlo per due notti in cambio di venti euro soltanto. Il dormitorio che gli viene assegnato ha nove letti ed è ancora deserto. Aaron paga in anticipo il suo conto e infila nel calzino l'ultima banconota rimastagli: vuole conservarla per Lubiana, dove si fermerà per una notte prima di raggiungere Zagabria.

D'intorno, i negozianti tentano di attirare l'attenzione dei passanti incorniciando le vetrine di palloncini colorati, pur sapendo che, presto, una folata di vento li porterà via con sé.

BRATISLAVA: PICCOLA GRANDE CITTÀ c'è scritto lungo le fiancate dei tram che si alternano, ora malconci e traballanti, ora talmente lindi e fiammanti da far invidia a quelli di Zurigo.

Invaso dal passato remoto, il presente che Aaron sperimenta è proiettato a gran velocità verso un futuro ambizioso e di ricchezza. Il fatiscente mercato degli agricoltori – ancorato agli anni Cinquanta – si trova di fronte a un grattacielo di specchi che ospita un albergo, una clinica, una palestra con piscina, un parco e, insieme, il più moderno centro commerciale di tutta la Slovacchia.

Come fa una stessa piazza a somigliare tanto a Mosca, quanto a New York?

Confuso, Aaron si guarda intorno.

Tutto ciò che lo circonda è vecchissimo o nuovissimo.

Non ci sono vie di mezzo.

Mai, prima d'ora, lui si è trovato in una città con tanti capitoli mancanti.

Ai suoi occhi, Bratislava pare un vecchio gigante che – dopo un lungo letargo – si è risvegliato giovane, ma soltanto in parte: una metà del viso rugosa, l'altra perfettamente liscia: una mano fragile e tremante, l'altra forte e vigorosa.

Contrasto.

Aaron lo percepisce ovunque.

C'è effervescenza intorno a lui: ed è tutto in divenire.

Il profumo delle mezzelune ripiene di noci appena sfornate nel caffè Dobre&Dobré calamita la sua attenzione e lo tenta.

Ha fame: ma la banconota azzurra per pagare l'ostello di Lubiana non può usarla e, in tasca, gli sono rimasti soltanto pochi spiccioli. Chissà se saranno sufficienti a pagare quella tradizionale prelibatezza slovacca.

Alla cassa, una ragazza con i boccoli neri e l'ombretto azzurro conta le monete che Aaron le porge, e fa segno di no con la testa. Sul bancone, intanto, un robusto pasticcere ha appena poggiato un vassoio con dodici větrník stracolmi di panna montata e ricoperti di caramello.

Aaron li desidera, senza più speranza.

Diamine! Dovrà pur riuscire a mangiare qualcosa!

Troppi giorni lo separano dall'apertura del testamento di suo padre e non potrà certo rimanere a digiuno fino ad allora.

A Bratislava, in questa città senza vie di mezzo – in cui tutto è fuori moda o all'ultimo grido –, Aaron riprende a camminare, sperando che la fame venga sopita dal sublime paradosso che lo attornia: il poverissimo convento dei francescani e, dieci metri più avanti, il sontuoso ingresso di un albergo: presidiato da un giovane nubiano, fiero di indossare il vistoso cappello a cilindro che la sua anacronistica divisa impone.

COMPRO ORO c'è scritto in molte lingue su un cartello esposto nella vetrina di un orafo.

Inizialmente Aaron non ci fa caso. Poi, però, si rende conto che quel cartello lo riguarda.

Attorno al collo, infatti, lui porta il ciondolo che Crystal gli ha regalato. Un ciondolo piccolo, è vero: e con i loro nomi incisi a renderlo inutile per gli altri. Ma comunque un gioiello in oro che potrebbe rivendere per mangiare finalmente qualcosa.

Davanti alla gioielleria, Aaron lo stringe fra le mani e, con le labbra tormentate dal freddo, lo bacia. Vorrebbe tenerlo, ma ha fame: e così, suona il campanello.

Insospettito, l'orafo lo squadra. Ha paura delle rapine: e valuta sempre con cautela chi ammettere nel suo negozio.

Per incoraggiarlo, Aaron sorride, lo saluta con la mano e si sfila il ciondolo dal petto: per farglielo vedere, e convincerlo ad aprire la porta che li separa.

Bzzz. Il gioielliere ha deciso di fidarsi, ma è scontroso.

Soppesa il ciondolo con la mano e, dopo averlo affidato al piatto rivelatore della bilancia, lo analizza attentamente col suo monocolo: fino a che, in un inglese approssimativo, dice: «*Not so heavy. Problem also the names*».

E, così, offre soltanto venti euro.

L'istantanea smorfia apparsa sul volto di Aaron dimostra tutto il disappunto che prova.

Venti euro?

"*Cos'e pazz'!*" avrebbe detto Gennarino.

(...)

Aaron è appena uscito furibondo dalla gioielleria che compra oro, anzi, quasi lo ruba. Come potrebbe mai – lui – vendere il pegno d'amore di Crystal in cambio di una bistecca? Non è mica un miserabile! Proprio a questo sta pensando quando un distinto signore americano gli poggia una mano sulla spalla.

«Parli inglese?» domanda l'uomo ad Aaron nel suo slabbrato accento californiano.

E Aaron gli risponde di sì: che lui l'inglese lo parla benissimo.

L'americano, allora, gli dice di chiamarsi Erwin Dull, e di essere un regista alla ricerca di modelli est-europei per un nuovo marchio di abbigliamento: «Senti però, ragazzino, c'è un freddo cane qui: che ne dici se continuiamo a parlarne in quel caffè? Così ci prendiamo una cioccolata calda e una bella fetta di torta con la panna!».

Aaron ascolta la parola "cioccolata" seguita dalle parole "torta" e "panna" e non resiste alla tentazione di accettare.

Soddisfatto, il regista gli fa strada: entra nel caffè Mondieu – dove i camerieri sembrano tutti modelli di Dolce & Gabbana – si siede a un tavolo consueto e ordina due tazze di cioccolata calda con altrettante fette di torta alle nocciole e panna montata.

Per un po' nessuno parla: e Aaron si gode l'insperato piacere di quell'abbondante squisitezza.

«Sei del posto, vero?» domanda il signor Dull.

E Aaron gli risponde di essere nato a Zagabria, da genitori croati. Ma non spiega altro.

L'uomo continua: «L'abbigliamento di cui ci occupiamo è estivo, da spiaggia. Costumi, asciugamani, bandane e cappellini. Ci servono ragazzi alti, snelli, con un bel corpo: e con gli addominali segnati. Tu ce li hai gli addominali segnati?».

Aaron ha la bocca piena, ma con la testa fa cenno di sì. Perché lui, quando tende bene i muscoli dell'addome, la tartaruga ce l'ha.

«Ottimo! Allora potresti venire da noi per un'audizione.

Domani pomeriggio, alle quattro. Te la senti?

Se verrai scelto ti pagheremo trecento dollari in contanti.

Niente di più semplice: fai qualche foto, firmi un paio di documenti e te ne torni a casa con un sacco di soldi.

Ce li hai diciotto anni, vero?»

Aaron annuisce, ma rimane in silenzio. Perché sta riflettendo.

Troppe cose non lo convincono.

«E dove si terrebbe questa audizione?» domanda con le labbra deliziate dal cioccolato.

«Nella hall dell'Hotel Bratislava. Puoi stare tranquillo, con me ci saranno i miei più stretti collaboratori. Non hai nulla da temere.»

Aaron si insospettisce.

«Allora? Che vuoi fare? Ci vieni o no?»

«Hmm...»

«Qual è il problema? Se sarai scelto, scatteremo qualche foto e un'oretta più tardi potrai tornare a casa: però, adesso, devi darmi una risposta certa: e ricordarti di portare il documento di identità. Sei proprio sicuro di avere diciotto anni?» insiste il signor Dull.

Aaron non si è mai trovato in una situazione del genere: ma si rende conto che, effettivamente, la hall dell'Hotel Bratislava è un luogo pubblico. Che pericoli potrebbe mai correre andandoci per un incontro di lavoro?

«Se accetto posso avere un'altra fetta di torta?» chiede al signor Dull garantendogli che, domani alle quattro, si presenterà in albergo come d'accordo. E il regista la torta gliela compra e gli offre pure un'altra tazza di cioccolata con la panna.

"Mani grandi, naso grande..." pensa Erwin Dull lasciando il caffè Mondieu. "Un altro ragazzino che mi frutterà un sacco di soldi!"

Aaron – del resto – ha tutto ciò che serve.

È bello, ha appena compiuto diciott'anni, è altissimo, ha le lentiggini, lo sguardo ingenuo e un corpo sicuramente perfetto. Ma, soprattutto, è appena uscito dal negozio "Compro oro".

E questo svela il suo disperato bisogno di soldi.

(...)

Diciotto marzo. Sono le tre e mezzo, ma Aaron si trova già nell'antica hall dell'Hotel Bratislava che, dalle sue grandi vetrate, offre rasserenanti vedute sul Danubio. È seduto in una delle tante poltroncine color nocciola e sta aspettando che il regista americano si presenti all'appuntamento, per offrirgli una nuova merenda.

Ieri, le due fette di torta accompagnate dalla cioccolata con panna gli hanno permesso di non mangiare altro per il resto della giornata. Oggi, però, la fame è ritornata e si sta facendo sempre più pungente. Anche per questo, l'attesa sembra lunga. Fino a che il signor Dull esce dall'ascensore insieme ad altre due persone e lo raggiunge.

«Aaron, caro ragazzo! Grazie di essere venuto! Permettimi di presentarti Sebastian Hung, il mio più stretto collaboratore, e l'aiuto-regista Jeremy Bogus.»

Strette di mano, sorrisi, convenevoli.

Gli americani, adesso, sono seduti insieme in un grande divano. Invece Aaron è solo, nella poltrona di fronte a loro.

Lo guardano, lo scrutano, gli chiedono di alzarsi in piedi, lo fanno girare su se stesso come una marionetta. Gli dicono di sollevare le braccia e di far vedere i bicipiti.

«Trattandosi di abbigliamento estivo dobbiamo farti alcune domande particolari» spiega l'aiuto-regista.

Aaron risponde che non ci sono problemi.

«Hai cicatrici?»

«No.»

«Voglie?»

«Nemmeno.»

«Nei evidenti?»

«Solo le lentiggini.»

«Il petto è peloso?»

«Per nulla.»

«E le gambe?»

«Be', un po' di peli ci sono: è normale...»

«E la situazione a sud dell'Equatore? Come siamo messi da quelle parti?»

«A sud dell'Equatore?» ripete Aaron.

«Sì, insomma, il pacco. Ce l'hai grosso? Le foto in costume da bagno: vengono meglio se sei dotato.»

Aaron è imbarazzato, ma risponde lo stesso: «Be'... non è certo enorme come quello di Monsieur Pringle, ma direi che non mi posso lamentare».

«Senti, Aaron, per il momento lasciamo stare questo Monsieur Pringle e concentriamoci su di te. Ti renderai conto che prima di offrirti un contratto dobbiamo essere sicuri che fai al caso nostro: quindi il tuo corpo lo dobbiamo vedere per intero. Ma questo non possiamo certo farlo qui, nella hall, davanti a tutti. Bisogna che tu venga su con noi. Lo capisci?»

«Hmm...» Aaron questo non se l'aspettava.

Il signor Dull aveva previsto la sua titubanza: «Ragazzo mio, cosa ti preoccupa? Ci troviamo in un albergo di lusso e siamo gente seria. Guardaci: ti sembriamo forse persone malintenzionate? In fondo si tratta semplicemente di levarti la maglietta: ci fai vedere un po' di muscoli, tendi gli addominali... Che sarà mai?».

Aaron continua a sentirsi a disagio: ma ha anche bisogno di soldi e l'idea di poter fare il modello per una compagnia che produce teli in spugna e costumi da bagno non gli dispiace affatto. Dunque accetta di seguire il signor Dull e i suoi collaboratori fin dentro l'ascensore.

Un ragazzo magro, vestito con un'impeccabile divisa bordeaux e un cappellino dello stesso colore, ha il compito di spingere per loro il pulsante del quarto piano.

"Che strano mestiere" pensa Aaron nel guardarlo.

Ed è curioso: perché, proprio in quel momento, il giovane ascensorista sta pensando lo stesso di lui.

Da mesi, ormai, conosce il signor Dull: e sa molto bene cosa Aaron sta andando a fare, di sopra, in sua compagnia.

(...)

La suite in cui il signor Dull e i suoi più stretti collaboratori lavorano è molto grande e ci sono macchine fotografiche professionali, sfondi colorati, cavalletti e telecamere digitali un po' ovunque.

Aaron si guarda intorno: cerca di interpretare ciò che vede, ma il regista non gli lascia il tempo di riflettere.

«Su, dài: comincia a spogliarti, così ci sbrighiamo.»

«Devo levare anche il pantalone?»

«Mi sembra chiaro» risponde il signor Dull.

Aaron temporeggia: si siede. Slaccia le scarpe. Le leva piano, e così fa coi calzini: che lentamente arrotola insieme.

Il maglione se lo sfila da sopra, tirando il girocollo dal lato della schiena. Poi toglie la maglietta e, per ultimo, il pantalone.

Fino a che gli rimangono indosso soltanto gli slip: quelli azzurri, con l'elastico sempre più slabbrato.

Il signor Dull e i suoi più stretti collaboratori cominciano a girargli intorno soddisfatti.

Gli chiedono di mostrare i muscoli: e Aaron lo fa.

«Solleva le braccia.»

«Tendi l'addome.»

«Mettiti di profilo.»

E lui fa tutto ciò che gli americani gli chiedono.

Qualche altra occhiata, qualche commento, la richiesta di aprire le braccia come un crocifisso. E, poco dopo, il verdetto: «Ok, per noi vai bene. Ti prendiamo: ma ti devi rasare le ascelle e bisognerà dare una potatina anche al boschetto».

Aaron è imbarazzatissimo.

Appena glielo permettono inizia a rivestirsi e sta per chiedere ulteriori delucidazioni quando il signor Dull lo coglie alla sprovvista: «Bene: ora è venuto il momento di mettere le cose in chiaro».

«Le cose in chiaro?» Aaron aggrotta le sopracciglia.

«Dimentica i costumi da bagno, gli asciugamani e tutto il resto. Noi, in realtà, siamo i produttori di *eastshowerboys.com*, un sito web di intrattenimento dedicato a un pubblico di soli adulti.

In rete siamo molto popolari e vantiamo più di centomila iscritti in tutto il mondo: uomini appassionati alla bellezza giovanile e al rito della doccia.»

«La doccia?»

«Sì, la doccia. Insomma, è davvero molto semplice. Noi cominciamo a filmarti su quel divano, là. Tu sarai ancora vestito: ti faremo un paio di domande: come ti chiami, che lavoro fai, che musica ascolti, che tipo di ragazze ti piacciono. Non serve dire la verità, basta che sembri tutto vero. Poi, come hai fatto poco fa, inizi a levarti la maglietta, le scarpe e il pantalone fino a spogliarti del tutto. Subito dopo vai in bagno e noi ti filmiamo mentre fai la doccia. Tutto qui. Niente di più semplice.»

Aaron resta immobile. Il primo pensiero che gli passa per la testa è quello di scappare. Ma è paralizzato dalla paura.

In che pasticcio si è cacciato? E come farà a uscirne?

Prova a domandare: «Ma... ehm... cioè... voglio dire... la doccia? Io pensavo...».

Il signor Dull subito sdrammatizza: «Ma sì, insomma, stiamo parlando di una semplice doccia. Niente di pornografico. Chissà quante volte l'avrai fatta in piscina, gratis, davanti a tutti! Ecco: si tratta esattamente della stessa cosa: con la differenza che noi ti pagheremo trecento dollari. Subito, e in contanti.

Allora, che ne dici?

Dài, su, diamoci da fare: così fra un'oretta avremo già finito!»

Aaron adesso è davvero preoccupato.

Sa che deve andar via da quel posto il più in fretta possibile. Lo vuole: ma ha paura che gli americani glielo impediscano.

Roba da matti. Ma per chi l'hanno preso?

È davvero scandalizzato che esistano registi del genere, siti internet del genere, clienti paganti del genere, stretti collaboratori del genere: ma soprattutto ragazzi come lui: disposti a umiliarsi in cambio di qualche soldo!

Il regista americano percepisce la sua titubanza.

«Be'... perché non parli? Non dirmi che hai paura! Qui nessuno ti mangia. Senti, perché, intanto, non guardiamo insieme uno dei nostri video: così vedi di cosa si tratta e ti tranquillizzi?»

Con fare autoritario, il signor Dull chiede al suo più stretto collaboratore di trovare la performance di Lubomir.

Lubomir è proprio il ragazzo giusto per dimostrare ad Aaron l'altissima qualità dei loro filmati.

«Cinquecento dollari si è intascato Lubomir. Pensa: il suo video continua a essere da mesi il più cliccato. E lui sta diventando una star!»

Proprio in quel momento, su un gigantesco televisore al plasma appare un ragazzino biondo, magro, non molto alto: ma muscoloso e pieno di tatuaggi.

Aaron lo guarda.

«Ciao, sono Lubomir, ho diciannove anni e abito a Bratislava. Di mestiere faccio il barista. Vado in palestra tutti i giorni, mi piacciono i Coldplay e le ragazze con le tette grandi. Questo è il mio primo video per *eastshowerboys.com.*»

«Ahh! Manda avanti. Vai al minuto sette o otto quando è già sotto la doccia» dice il signor Dull.

E il suo più stretto collaboratore lo fa: fino a che Lubomir riappare.

È nudo. S'insapona. Fa l'occhiolino. Si attarda a lavare certe parti del corpo. Poi, quando ha finito, si risciacqua con molta enfasi e, guardando dritto in camera, manda un bacio.

Aaron vede Lubomir svilirsi in quel modo e si convince che lui non farà mai una cosa del genere: né per trecento, né per mille, né per diecimila dollari.

Ah! Se Gennarino fosse lì, adesso, avrebbe già trovato una pezza a colore per sfilarlo da quella situazione assurda e claustrofobica!

Aaron guarda l'orologio. Non sono ancora le sei.

Se lui, adesso, riuscisse ad andar via ci sarebbe tutto il tempo per tornare dall'orafo e scambiare il suo ciondolo con quei pochi soldi che, comunque, gli permetterebbero di mangiare in abbondanza fino all'apertura del testamento di suo padre.

Nel frattempo l'aiuto-regista gli si avvicina con una copia del contratto da firmare e gli domanda il documento di identità necessario a sbrigare le procedure.

Aaron il passaporto ce l'ha in tasca: ma intuisce che

quella è la sua unica possibile via di fuga, se sarà capace di bluffare. Ha le palpitazioni dall'angoscia. Suda. E le guance gli diventano rosse. Ma comunque ci prova lo stesso.

«Accidenti! Il documento di identità! Mannaggia! Come ho potuto dimenticarlo all'ostello? Certo che il video lo voglio fare! E non ho alcun problema a rasarmi le ascelle e anche il boschetto. Però, prima, dobbiamo mettere in chiaro una cosa: di dollari dovete darmene almeno settecento! Questo è poco ma sicuro! Dove lo trovate un altro ragazzo alto due metri con la tartaruga, le lentiggini e tutto il resto? Io sono una rarità assoluta! E poi, diciamolo chiaramente, a sud dell'Equatore sono messo molto meglio del vostro Lubomir...»

«Settecento dollari?» esclama il regista.

«Ma sei matto? Non abbiamo mai offerto un compenso così alto a nessuno dei nostri modelli. Per settecento dollari dovresti fare una performance da Oscar!»

«Nessun problema» dice Aaron alzandosi in piedi. E strizzando l'occhio aggiunge: «Lubomir ha i giorni contati, potete starne certi! Presto, il video più cliccato su *eastshowerboys.com* sarà il mio!

Allora? Che facciamo? Ci vediamo qui domani alle dieci? Di mattina sono molto più riposato e vengo meglio...»

Il regista non si aspettava che Aaron avrebbe accettato con tanto entusiasmo: né immagina che quel ragazzino, adesso, si stia prendendo gioco di lui e dei suoi collaboratori: «Mi raccomando: non arrivare in ritardo! E questa volta porta il documento!» gli ricorda, mentre Aaron lascia la suite d'albergo, chiudendo piano la porta dietro di sé: per poi precipitarsi verso l'ascensore e raggiungere l'uscita in meno di un minuto.

Sta diventando grande in fretta.

Ha appena infinocchiato tre uomini molto più scaltri di lui. Li ha convinti che domani si farà filmare per quel loro assurdo sito web frequentato da centomila pervertiti sparsi in tutto il mondo. Un'uscita di scena degna di Gennarino, grazie alla quale lui, finalmente in salvo, può raggiungere la gioielleria prima che chiuda.

Con un sorriso compiaciuto l'orafo lo riconosce e gli apre: «Sapevo che saresti ritornato» dice ad Aaron e, in cambio del suo ciondolo, gli consegna una banconota azzurra nuova di zecca. D'ora in poi, fino al suo arrivo a Zagabria, lui potrà mangiare a sazietà: e senza più digiuni.

(...)

«*Hallo.*» Voce stanca, affannata, strascicata.

«Aaron! Ma dove eri finito? Stai bene figlio mio?»

«Sì, sto bene, mamma. Scusami: lo so. Avrei dovuto chiamarti prima!»

«Quando torni a Broadstairs?»

Aaron si fa rapidamente i conti: «Martedì. Ritorno martedì sera».

«E quando è martedì?»

Aaron si rende conto che sua madre deve aver preso più sonniferi del solito e che questa loro costosa conversazione internazionale sarà inutile perché, domani, Anja non se ne ricorderà.

«Martedì, mamma. Mancano pochi giorni, ormai.»

«Aaron: scusami per lo sciroppo.»

«Lo sciroppo?»

«Sì. Quello per la tosse.»

Hmm... Andiamo bene! Chissà che pasticci ha fatto con i farmaci questa volta!

«Ma cosa hai combinato con le pillole?»

«Ho preso un po' di gocce in più. Quelle contro gli incubi.»

«Sì: ma quante?»

«Poche. Non troppe.»

«Promettimi di non prenderne altre, almeno per oggi! E stai tranquilla. Ci vediamo martedì sera: hai capito? Scrivilo da qualche parte. Scrivilo adesso. Ti chiamerò dal treno con il telefono di Gennarino poco prima di arrivare alla stazione di Broadstairs.»

«Martedì sera. Sì. Ho capito. Adesso lo scrivo: qui, su questo foglio.» Le monete finiscono. La conversazione s'interrompe.

«Maledizione!» Per tre volte Aaron sbatte la cornetta del telefono contro i vetri della cabina, come se la rabbia potesse aiutarlo a trattenere il pianto. Non sopporta che sua madre stia sempre tanto male e che lui non sia mai stato in grado di aiutarla.

(...)

Il modo più economico per raggiungere Lubiana evitando di pagare i supplementi ferroviari per i treni rapidi è quello di passare attraverso l'Ungheria. Aaron ha venduto il ciondolo che Crystal gli ha regalato. Quel pegno, un tempo sacro, cui mai avrebbe rinunciato, non sfiora più il suo corpo e presto sarà fuso: a formare nuovi gioielli per suggellare altri amori. A poco a poco – fin dal giorno in cui la lettera del notaio Porcic era stata recapitata ad Aaron – Crystal si era progressivamente spostata dal centro della sua esistenza, fino a diventarne un ingranaggio difettoso. "Questo ingranaggio dovrò sostituirlo. Così com'è non può restare. Mi blocca. Mi rallenta" pensa Aaron alla stazione di Bratislava, nel rendersi conto che i pochi soldi ricavati dalla vendita del ciondolo non basteranno a concedergli il lusso della velocità. Dunque dovrà raggiungere Lubiana rassegnandosi alla lentezza dei treni regionali, quelli che fermano in tutte le stazioni: anche quando nessuno deve salire o scendere. Cinquecento chilometri da percorrere in più di nove ore. Senza contare il cambio a Szentgotthárd. Ma Aaron si scoraggia. Guarda l'orologio: sono le dieci del mattino. Proprio adesso, nella hall dell'Hotel Bratislava, il regista americano e i suoi più stretti collaboratori staranno fissando inutilmente la grande porta girevole in attesa che Aaron faccia il suo ingresso.

"*Son of a bitch!*" sbotterà presto il signor Dull rendendosi conto che Aaron si è preso gioco di lui, scroccandogli torte e cioccolata in abbondanza, ma concedendogli, in cambio, soltanto un'illusione.

(...)

Lungo il finestrino che separa Aaron dallo scorrere del paesaggio, le goccioline di vapore causate dal suo respiro sono diventate torbide, pesanti di polvere, e hanno cominciato a striare il vetro con il loro pianto scuro. I quadri d'Europa offerti dai treni in corsa lungo un tragitto di duemila chilometri hanno creato nella sua mente la consapevolezza di aver attraversato, punto per punto, mezzo continente. Ma, dove diamine sarà Szentgotthárd?

Guardando la mappa d'Europa, comprata a Dover, nel Caffè Dei Cristiani, Aaron apprende che quella piccola cittadina ungherese sfiora i confini di Austria e Ungheria esattamente a metà strada tra Lubiana e Bratislava.

L'idea di potersi trovare in bilico tra ciò che è stato e quel che sarà stimola irresistibilmente la sua immaginazione, ma, una volta arrivato a Szentgotthárd, Aaron resta deluso di ritrovarsi in un deserto di rotaie, il cui silenzio è brutalmente interrotto dall'improvvisa irruenza dei treni merci, che passano a gran velocità per poi far ripiombare tutto nel silenzio.

Le stazioni, finora, sono sempre state affollate da persone ed emozioni. A Szentgotthárd, invece, c'è soltanto solitudine.

Aaron ha sonno, sbadiglia, ma è attratto dall'idea di spendere un po' di tempo nella cittadina ungherese che il destino gli ha appena apparecchiato davanti. Potrebbe investire quel tempo nel riposo, o sprecarlo nell'attesa. Invece preferisce avventurarsi verso il centro. Una donna enorme, felliniana, attraversa in bicicletta un parco tetro dominato da alberi spogli grondanti di corvi che gracchiano l'uno accanto all'altro soffocando l'aria con il loro verso cupo. Ha i capelli biondi, generosamente cotonati, e indossa un cappotto rosso fuoco. Il suo viso è truccato da colori accesi, soprattutto attorno agli occhi, e le labbra sono lucidissime di un rossetto a buon mercato. La bicicletta è molto piccola. Appartiene probabilmente a un nipotino. Eppure lei, nonostante la sua mole, riesce comunque a mantenersi in equilibrio e a pedalare. In un circo acrobatico la applaudirebbero per questo: invece, a Szentgotthárd, nessuno si cura di lei.

Aaron si guarda intorno, l'unica parola che gli viene in mente è *degrado*. Manca ormai pochissimo all'inizio della primavera, ma l'inverno quest'anno è stato talmente rigido che gli alberi sono ancora privi di germogli.

MY FRIENDS ARE THE BEST AND FUCK THE REST c'è scritto in inglese sulla porta d'ingresso della vicina stazione degli autobus, nella cui lugubre sala d'attesa una vecchia signora ha rotto una bottiglia. Dev'essere appena successo perché lei ha le mani fra i capelli e sta guardando sconsolata la pozzanghera di latte e vetro provocata dalla sua sbadataggine.

«*Nem jó! Nem jó*» continua a ripetere fra sé e sé.

Poco distante da lei, un uomo vestito da coniglio sta lavando i vetri delle macchine ferme a un semaforo. Aaron è incuriosito dal suo costume rosa. Gli autobus, intanto, partono ad uno ad uno per Orfalu, Körmend e Kétvölgy.

I gelati esposti nella vetrina di un caffè a buon mercato sfoggiano, tutti, colori elettrici e innaturali.

Sugli alberi, per la gioia dei passeri, i bambini hanno costruito casette di balsa che ospitano pezzetti di pane raffermo. Sullo sfondo, i fabbricati d'epoca sovietica sono ravvivati da esuberanti tendine con fragole e pizzi che intensamente colorano il grigiore circostante.

La lattaia vende ancora lo yogurt sfuso a poco prezzo, le uova in confezioni da tre dozzine e il formaggio fresco di capra che lei stessa ha preparato. La sua bilancia bianca è talmente antica che a New York la esporrebbero in un museo.

Poco più avanti, nel mercato all'aperto, sfilano grosse oche appena morte, ancora tiepide: con gli occhi vividi e azzurri. I commercianti – quasi tutti anziani – propongono carne sotto sale, polvere di porcini essiccati, noci sgusciate, miele, polline, e pappa reale. Costa tutto pochissimo. Ovunque, gli avanzi della neve – ordinatamente sistemati ai bordi delle strade – testimoniano l'invadenza dell'inverno.

Molti negozi sono sfitti. In altri si vendono mobili e vestiti usati. Due donne stendono a un filo i loro panni rammendati.

Il fiume Rába, per quanto può, ingentilisce la scabrezza che sembra regnare ovunque. Le ringhiere dei suoi ponticelli sono state riverniciate di fresco e, lungo gli argini, la campagna comincia presto. È una campagna disordinata, ma Aaron la preferisce alle ragnatele di fili elettrici che – a dozzine – penzolano fra i tralicci e i tetti delle case.

Sullo sfondo, la maestosa abbazia bianca e gialla di Szentgotthárd svetta a contrastare con la miseria d'intorno. I suoi enormi portali d'ingresso vengono pazientemente restaurati da giovanissimi operai che si sono appena fermati a far merenda sulla scalinata monumentale.

«Come mai a Szentgotthárd solo questa chiesa è perfetta e tutto il resto è trasandato?» domanda Aaron, in inglese, a quei ragazzi.

«*Nem értem*» gli rispondono loro, che non capiscono la sua lingua. Hanno gli occhi enormi nel volto scarno, e ridono incuriositi dalla rarità di quell'incontro. Poco dopo, aprono un barattolo di cetrioli marinati sott'aceto con i semi di senape e invitano Aaron ad assaggiarli.

«*Kérsz valamit enni?*» gli dicono mostrandogli anche il resto del cibo, su una piccola tovaglia bianca con i fiorellini ricamati a mano da una madre paziente.

«E quelle, cosa sono?» domanda Aaron indicando una montagnetta di piccole focacce rotonde.

«*Pogácsat*» risponde uno dei ragazzi, porgendogliene un paio, tra le sue dita sporche di vernice. Aaron mangia con gusto quel morbidissimo pane fatto con le patate, il formaggio, il burro e la cotica.

«*Finom?*» chiedono i ragazzi con i loro sorrisi intristiti da una sfilza di carie e otturazioni in piombo.

Aaron vorrebbe trattenersi con loro: ma il suo treno per Lubiana sta per partire. Allora mostra l'orologio, imita il rumore della locomotiva e, dopo aver ringraziato gli operai di aver condiviso con lui il pranzo, ritorna a passi svelti alla stazione di Szentgotthárd.

Subito dopo la partenza, il treno costeggia un piccolo cimitero passando accanto a lapidi che scorrono letteralmente lungo i binari. "Chissà se questi morti riusciranno mai a riposare in pace in mezzo a tanto sferragliare di vagoni" si domanda Aaron, che – esausto per i mille accadimenti degli ultimi giorni – si abbandona finalmente al sonno.

(...)

Dopo aver visitato Szentgotthárd, Aaron immagina che pure Lubiana sia una città malinconica e trasandata. Poco sa del crollo dell'ex Jugoslavia, e del collage di piccoli stati che, con diversa sorte, sono riusciti a dichiarare la loro indipendenza in tempi e modi fra loro ben diversi. Ignaro di quel passato anche suo, Aaron continua ad ammirare dal treno una campagna sovrana, ravvivata da granai, ruscelli, spaventapasseri e falchi. Pensa che, se avesse avuto i soldi necessari per viaggiare a bordo dei treni veloci, non avrebbe mai conosciuto Szentgotthárd. Un luogo autentico e spigoloso scelto per lui dagli orari ferroviari, ma diversissimo da Lubiana, che – fin dal suo arrivo in stazione – gli appare linda e ambiziosa.

La sera è appena cominciata, ma il sole già non c'è più.

Su una panchina lungo il fiume Ljubljanica, Aaron si ferma ad ammirare la piccola capitale che ha dinnanzi: è tutta lì, parsimoniosamente illuminata, desiderosa di imponenza e fiera di possedere un castello tutto bianco. Dopo i contrasti di Bratislava, gli sembra di trovarsi in un'armoniosa scenografia teatrale. Tutto è pulito, tutto è intatto. E quando la nebbia si infittisce i lampioni lungo le sponde – trasformati in abat-jour da paralumi colorati – diffondono una flebile luce un po' fiabesca.

Aaron è incantato da ciò che vede: ma ha freddo, soprattutto ai piedi: le calze sono state raggiunte dallo sciogliersi della neve e lui non ha ancora trovato un ostello che faccia al caso suo. Dopo un lungo peregrinare con il bagaglio al seguito e i piedi congelati, riesce finalmente a ottenere un letto a buon mercato nel piccolissimo ostello Imperiale che può contare su un unico impiegato alla volta, incaricato di tutto.

Raggiunto il dormitorio, Aaron sistema il bagaglio in uno degli armadietti, lo chiude con il solito lucchetto, infila la chiave nella catenina ormai orfana del ciondolo di Crystal, mangia le banane che gli sono rimaste nello zaino e cerca il sonno. Domani ci tiene ad arrivare a Zagabria riposato. La fine del suo viaggio. L'inizio della verità.

Il dormitorio in cui si trova è polveroso, ha soltanto quattro letti e, per adesso, è vuoto. Un privilegio raro in posti come questo. Aaron spera che, in piena notte, non arrivi nessuno a disturbare il suo riposo. È veramente stanco oggi. E si augura di poter dormire fino a tardi.

(...)

Lubiana. Venti marzo. Le cinque e trenta del mattino. Aaron viene svegliato di soprassalto dagli automezzi del lavaggio strade che instancabilmente passano e ripassano per le ciottolate vie del centro storico e, dunque, anche sotto la sua finestra. In un letto vicino, con sorpresa, trova addormentato un ragazzino. Deve essere stato molto silenzioso ieri, nell'arrivare: ed è fortunatissimo a saper riposare in mezzo a tanto baccano!

Aaron ha una tale quantità di sonno arretrato che si riaddormenterebbe volentieri. Invece comincia presto a esplorare la città, circondato da eserciti di spazzini che, alla luce dei lampioni e nel gelo, si stanno occupando di eliminare ogni traccia della notte. Altrettanto alacri sembrano i giardinieri che già governano le aiuole, piegando i cespugli delle siepi a un ordine imposto. Poco distanti, gli imbianchini ritoccano le pur minime imperfezioni delle facciate barocche che – con la loro piccola imponenza – vestono le stradine della città vecchia di colori pastello e arzigogolati stucchi.

Aaron respira la stessa tensione di quando, a teatro, il sipario sta per aprirsi.

Il sole è appena sorto. Tra poco, i pendolari arriveranno in stazione, i turisti si sveglieranno e tutto, a Lubiana, dovrà apparire senza una grinza: senza una sbavatura.

Che strano. Ieri notte gli era parsa una città seducente. Oggi, invece, Aaron pensa che se vivesse in un posto del genere si sentirebbe inevitabilmente sporco e a disagio: schiacciato da tanta pretenziosa eleganza.

Subito gli viene voglia di periferia, di erbacce, di gatti randagi, o, per lo meno, di un po' di ruggine lungo le grondaie. Ah! Quanto vorrebbe essere già a Zagabria adesso!

Fortuna che il suo treno partirà prima di mezzogiorno.

Presto il testamento di suo padre verrà aperto. Presto tutto sarà chiarito. Non ci saranno più dubbi o segreti, e la palla di cristallo in cui Aaron ha abitato per i primi diciott'anni della sua vita verrà rotta. Il liquido in cui galleggiava si disperderà in un istante e lui, tra pozzanghere di neve finta e vetro a pezzi, si ritroverà finalmente libero.

Ricongiungersi al passato farà male?

A Lubiana, intanto, nelle vie del centro storico – rigorosamente chiuse al traffico e alla miseria – i tanti caffè alla moda cominciano ad aprire i battenti. Probabilmente è solo un caso: ma Aaron nota che i camerieri, per la maggior parte, sono giovanissimi, alti e ben piazzati. Indossano maglioni attillati e si danno un gran daffare per rendere l'atmosfera del loro locale impeccabile: spolverando con minuzia perfino tra le stecche in legno dei tavolini. Poco importa che il cappuccino sia scadente (tutta schiuma e niente latte): basta che le tazze, le zuccheriere e i cucchiaini appaiano esclusivi e di design.

D'intorno, le vetrine dei negozi sono talmente gentili e ordinate da rendere insopportabili le macchie di sangue sul grembiule del macellaio. Ad Aaron sembra di trovarsi nel paradiso dell'apparenza: ed è curioso di capire perché Lubiana senta il bisogno di essere perfetta a tutti i costi. Allora si rivolge con fiducia a una giornalaia che lo istruisce sull'esuberante rinascimento della capitale slovena: «Nel 1991 siamo finalmente diventati indipendenti dalla Jugoslavia» spiega la donna intrappolata nella sua edicola, «producevamo un'enorme ricchezza: ma dovevamo mandare quasi tutto in Serbia, in Bosnia e in Croazia per mantenere *quella gente lì* e costruire ospedali in Montenegro».

«Va bene: ma ora che non dovete più costruire ospedali in Montenegro, con tutti quei soldi che ci fate?»

«Realizziamo ponti e strade, ripuliamo la città e ci mettiamo al passo coi tempi.»

A giudicare dall'enorme numero di occhiali da sole fuori stagione, di iPhone ultrasottili e di abiti griffati per la strada, sembra proprio che Lubiana al passo coi tempi si sia messa per davvero. Aaron se ne rende conto soprattutto mentre cammina lungo la Ljubljanica, che, con lentezza, attraversa la città. Un fiume modesto, lungo appena una quarantina di chilometri: e talmente stretto che un campione di salto in lungo potrebbe attraversarlo in un sol balzo. Eppure, a cavallo di questo fiumiciattolo, sono stati costruiti un eccesso di ponti con tanto di balaustre, lampioni e perfino minacciose statue di dragoni a ravvivarli. Talvolta si è addirittura pensato, con furbizia, di far cominciare il ponte un po' prima della sponda, e di farlo terminare un poco dopo: perché Lubiana potesse apparire ancor più monumentale e solenne: almeno quanto la cattedrale di San Nicola, dove il parroco, ora, è appena entrato a dire messa, deluso di trovare le solite quattordici signore ad accoglierlo, con i loro canti flebili e stonati.

(...)

Adesso Aaron si trova in una piazzetta di Lubiana. La sua attenzione è stata attratta da un distributore automatico che dispensa latte fresco in cambio di monetine. Le istruzioni sono scritte in sloveno, e lui non le capisce: ma vorrebbe saperne di più. Gli piace l'idea che una città proponga ai suoi abitanti distributori automatici di latte: e non soltanto di sigarette. Ecco perché, ora, sta attendendo che qualcuno si avvicini a quel marchingegno.

Vuole capire come funziona.

La prima a servirsene è una vecchina con più dita che denti. A fatica trascina sul ciottolato un traballante carrellino per la spesa, e quando arriva davanti al distributore prende in mano una bottiglia vuota, la posiziona dove serve, inserisce una moneta, preme un tasto rosso e attende che il latte scorra fino a riempirla del tutto. Poi lo assaggia. A giudicare dall'appagamento testimoniato dal suo volto, deve trattarsi proprio di una prelibatezza!

Ora Aaron saprebbe come fare: ma gli manca la bottiglia. A dire il vero, basterebbe anche soltanto un bicchiere o, magari, lui potrebbe congiungere i palmi delle mani e bere come da una fontanella. A questo sta pensando quando una ragazza si avvicina al distributore automatico del latte.

Subito, istintivamente, Aaron le sorride.

Che sorridesse così bene, la ragazza non se l'aspettava: ma quando lui le domanda di poter acquistare una delle bottiglie che tiene in mano, lei resta perplessa.

«Ho le monete, ma non ho la bottiglia» precisa lui.

«Bel guaio» gli risponde lei in un inglese simile a quello di Bertrand, il ragazzo francese conosciuto a bordo del treno notturno, in viaggio verso Amburgo.

«Eh sì. È proprio un peccato, perché il latte sembra delizioso. La vecchietta – poco fa – non ha resistito e se ne è fatta un goccetto!»

Sorrisi. Ma anche un po' di imbarazzo.

«Io mi chiamo Colette. E tu?» dice la ragazza, porgendo la sua manina morbida a quel gigante magro, con le dita ossute e da pianista.

«Aaron. Aaron Ancic. Aaron con due A.»

«Americano?»

«No, sono nato a Zagabria, ma non ci ho mai vissuto: l'ho vista soltanto per poche ore, da neonato, prima di partire per l'Inghilterra, ma non ricordo niente. Infatti sono impaziente di tornarci. E, per fortuna, il mio treno partirà fra poco.»

Colette comincia a incuriosirsi.

«E come mai a Zagabria ci vai soltanto adesso?»

«Mio padre è morto. E domani si apre il testamento. A dire il vero, mamma è sempre riuscita a farmi credere che fosse morto prima della mia nascita. Il notaio Porcic, invece, mi ha comunicato che è deceduto alla fine del mese scorso.»

Colette rimane spiazzata dalla stranezza di tutte quelle informazioni e, non sapendo cosa dire, ricorre a un banalissimo "mi dispiace".

«Cosa ti dispiace? Che non ho conosciuto mio padre?

Che lui sia morto? O che mia madre mi abbia tenuto nascosta la verità?»

«Be', tutte e tre le cose. Ma della morte di tuo padre mi dispiace un po' di più...»

Aaron ci pensa su, e aggiunge: «Forse, invece, è tutto grave allo stesso modo. Come il fatto che mi abbia costretto ad attraversare l'Europa in treno per presenziare all'apertura del testamento».

«Chi? Il notaio?»

«No: mio padre. Ha lasciato scritto così nelle sue volontà: infatti il signor Porcic mi ha spedito un biglietto di Interrail oltre ai soldi necessari per il viaggio. Io, però, ho perso quasi tutto al Gran Casinò di Praga per colpa di uno sbruffone che ho battuto a biliardo. E, alla fine, ho dovuto vendere il ciondolo della mia (ormai credo) ex ragazza perché non avevo più niente da mangiare e non volevo certo fare la doccia a pagamento per quei porci di *estshowerboys.com*! Insomma Colette, credimi: è veramente una vicenda complicata. Ma la bottiglia, tu, me la puoi dare o no?»

La ragazza è confusa dalle incredibili vicissitudini che Aaron le sta raccontando.

«La bottiglia?» domanda avendo perso il filo del discorso.

«Sì: ti potrei dare qualche moneta, non di più. Altrimenti non mi restano i soldi per mangiare, questa sera. Fortuna che l'albergo, a Zagabria, sarà offerto dal notaio e che si trova molto vicino alla stazione. Così non dovrò pagare neanche il biglietto del tram per raggiungerlo.»

«Ma... hai bisogno di soldi?»

«No. Veramente vorrei soltanto la bottiglia. Magari, visto che ne hai due, potresti prestarmene una. Più tardi, prima di andare alla stazione, la lascerò alla reception dell'ostello: e tu potrai ritirarla quando ti verrà più comodo.»

«Di quale ostello stiamo parlando?»
«L'ostello Imperiale.»
«Ah! Lo conosco bene: è vicino all'ambasciata.»
«L'ambasciata?»
«Quella francese. Mio padre è addetto agli eventi culturali. Siamo di Parigi, noi.»
«Ah! Parigi!»
«Fai bene a sospirare, altro che Lubiana: la prima dell'ultima classe...»
«Perché dici questo? Non ti piace?»
«Per niente. La gente, qui, sogna la *grandeur* che non ha mai avuto.»
«L'ho notato anch'io» risponde Aaron mentre Colette gli porge una delle sue bottiglie che ha le mucche disegnate tutt'intorno.
«Ma non la devi rompere. Ok?»
«Promesso!»
È proprio una bella giornata oggi. Il latte, poi, è squisito. Ha quasi sapore di panna: «A Broadstairs un latte tanto buono non c'è» dice, subito dopo averlo assaggiato.
«Broadstairs?»
«Sì, in Inghilterra: nel Kent, lungo il Canale della Manica. Non lontano dalla tua Francia. Mia madre l'ha scelta fra mille città, quando ancora aveva diciott'anni, per la nostra nuova vita insieme. Magari una volta potresti venire a trovarmi.»
Colette reagisce con una smorfia. Come se quella proposta fosse piuttosto fuori luogo.
«Perché invece non ci seguiamo su Instagram?»
«No. Niente Instagram. Non ne posso più di relazioni online!»
Un rifiuto? Una scortesia? Forse ad Aaron non piacciono le ragazze grassottelle, o, forse, lui si sta disintossi-

cando dai social network, come capita a sempre più persone. Chissà! E comunque, nel frattempo, l'entusiasmo costruito in quei minuti già si è spento. Aaron e Colette si salutano, si scambiano qualche convenevole e, presto, cominciano a camminare in direzioni opposte.

Di ritorno all'ostello, Aaron beve con gusto il delizioso latte che si è portato al seguito, lava bene la bottiglia, la asciuga con difficoltà anche all'interno, apre il suo quadernino, disegna una mucca sorridente e la anima con un fumetto in cui scrive: COLETTE IS A VERY GOOD GIRL!

Subito dopo, strappa diligentemente la pagina, la arrotola e la infila nella bottiglia, che affida all'impiegato della reception. Poi, si incammina verso la stazione, sempre più impaziente di raggiungere Zagabria. Tra poche ore, lui finalmente sarà lì: e potrà riunirsi a quella città che tanto a lungo sua madre gli ha negato.

A bordo del treno diretto in Croazia, i poliziotti sloveni gli controlleranno con sospetto il passaporto: per ben tre volte, con la lente d'ingrandimento, passandolo accuratamente tra i polpastrelli e annusandolo quasi fosse un tartufo, o un calice di Château Margaux appena versato.

(...)

È notte fonda a Cardigan, nel Galles, quando una donna minuta e molto magra entra in camera di Crystal. È ubriaca: e ha il viso tumefatto da un pugno o una caduta. Lo zigomo è nero e il bianco dell'occhio è striato di sangue.

La stanza, in ordine, è perfettamente pulita.

Sulla scrivania, insieme al diario segreto di Crystal e ai libri di scuola, ci sono un laptop e un telefonino.

La donna li prende e, rabbiosamente, li infila in uno zaino rosa.

Ha indosso soltanto una camicia da notte ma, nonostante il vento e il freddo, esce di casa ugualmente. A passi svelti si dirige il più in fretta possibile verso il ponte in pietra sul fiume Teifi.

Sa cosa deve fare: ma ha paura di cambiare idea. Allora inizia a correre: e, mentre corre, piange.

Nella notte, il ponte è severo. Scuro.

Adesso la donna è ferma davanti al parapetto. Ha poggiato lo zaino per terra e si sta battendo forte la testa con i pugni. Lo fa con rabbia, per farsi del male: «Perdonami Crystal» ripete tre volte, a voce bassa. Poi, subito dopo, apre lo zaino, tira fuori il telefono e il computer e rabbiosamente li lancia in acqua. Il rumore del loro impatto si perde fra quello dei tuoni che, insieme ai fulmini, precedono il temporale.

«Ha bisogno di aiuto signora?» chiede un passante a quella giovane donna, rendendosi conto che è stravolta.

«Fottiti!» gli risponde lei.

È troppo grande la sua rabbia.

È troppo grande il suo dolore.

PARTE TERZA

Zagabria

Che cos'è il denaro per l'anima?
Un ladro insaziabile si annida in essa.
All'orda sfrenata dei miei desideri
non basta l'oro di tutte le Californie!

VLADIMIR MAJAKOVSKIJ

(...)

Dopo otto giorni di viaggio – e migliaia di chilometri percorsi – Aaron sta per arrivare a Zagabria. Si fruga nelle tasche. Gli sono rimaste soltanto poche monete discordanti: pence, centesimi e corone. È una fortuna che il notaio Porcic abbia organizzato la sua ospitalità in un albergo vicino alla stazione. Di certo non sarà una zona elegante: ma che importa? Anche se l'Hotel Esplanade fosse una topaia, lui avrà comunque una camera tutta per sé e non dovrà più condividere l'intimità del sonno come negli ostelli in cui, finora, ha soggiornato.

Nel frattempo, i vecchi altoparlanti del treno moltiplicano la voce stanca del controllore:

"Zagreb Glavni kolodvor. Zagreb Glavni kolodvor."

Subito dopo Zagabria appare ad Aaron.

Nei più sotterranei meandri della sua memoria questa città c'è.

Lui la vede sfilare lungo i finestrini e, fin dal primo momento, si emoziona.

Dopo diciott'anni è finalmente tornato a casa.

Lasciata la stazione, Aaron vede strade, piazze e palazzi che sembrano essere stati costruiti per star bene insieme: e non per primeggiare da soli. Ora lui si trova circondato da persone che gli somigliano e hanno i suoi stessi lineamenti. Nessuno, qui, lo percepisce come uno straniero: almeno fino a quando resta in silenzio. Anja si è sempre rifiutata di insegnargli il croato: «Non serve che tu lo impari. Non c'è mai stato nel tuo passato e non farà parte del tuo futuro». Ecco perché, adesso, è costretto a domandare in inglese, a un passante, dove si trovi l'Hotel Esplanade. L'uomo va di fretta, ma gli indica un piccolo parco che si apre sulla sinistra e precisa: «L'albergo è lì, oltre la fontana».

In pochi minuti, Aaron raggiunge il centro di quel grazioso giardino ed è davvero sorpreso quando un imponente edificio alla francese comincia a intravvedersi fra i rami secchi degli alberi. HOTEL ESPLANADE c'è scritto, in oro, lungo una facciata solenne. Aaron proprio non se l'aspettava. E non immaginava certo che davanti all'ingresso dell'albergo ci sarebbe stato un buongiornista in guanti bianchi: pronto a dargli il benvenuto in grande stile.

OSCAR legge sulla targhetta dorata che il ragazzo sfoggia in petto con orgoglio militare.

Un istante dopo, la porta girevole dell'Esplanade accompagna Aaron in un ambiente da palazzo reale: traboccante di fiori freschi e grondante di lampadari in vetro di Murano.

«Il signore ha una camera prenotata qui da noi?» gli domanda, con sospetto, uno smilzo valletto che avrà più o meno la sua età, ma si permette comunque di squadrarlo dall'alto in basso.

Aaron risponde di sì: e precisa che la sua stanza è stata prenotata dal notaio Porcic.

Subito la contrariata espressione del valletto si trasforma in un sorriso gioviale. «La prego di perdonarmi signore! Mi segua, per favore.»

Stupefatto dall'irreale opulenza che lo circonda, Aaron

raggiunge il banco del ricevimento, lungo il quale una giovane coppia sta compilando la *fiche de réception*.

«Signora Dopper, una firma qui per favore» chiede alla ragazza un addetto specializzato in gentilezza. «Silke, mi chiami semplicemente Silke» gli risponde lei, tenendo per mano suo marito: un bel ragazzo africano.

«Benvenuto all'Hotel Esplanade di Zagabria» dice nel frattempo ad Aaron la responsabile del ricevimento, appena sopraggiunta perché lui non attendesse a lungo. «Il signore ha fatto buon viaggio?»

Aaron le risponde che il viaggio da Londra è stato molto lungo: per via dell'Interrail. Dice che Praga gli è piaciuta più di Amburgo e che Bratislava l'ha colpito per i suoi contrasti. Lubiana invece è stata deludente perché tutto sembrava finto e quelli del lavaggio strade l'hanno svegliato all'alba. Dice un sacco di altre cose, senza nemmeno immaginare che alla responsabile del ricevimento quel dettagliato resoconto non interessi affatto. La sua era una semplice domanda di circostanza: che non prevedeva una risposta lunga e dettagliata. Eppure, mentre Aaron continua a raccontare, la donna fa di tutto per mostrarsi interessata, modulando il volto in una collaudata serie di espressioni accondiscendenti. Ascolta tutto e, appena può, informa il suo cliente che il notaio Porcic ha riservato per lui una spaziosa junior suite con vista sul parco. La colazione è inclusa nell'arrangiamento e sarà servita nel gran salone dalle sette alle dieci e trenta. Durante la notte, le scarpe potranno essere lasciate fuori dalla porta nell'apposito sacchetto di lino che Aaron troverà riposto nell'armadio. Le stesse saranno riconsegnate il giorno seguente, ben lucidate e avvolte in un foglio di carta velina bianca. Aaron guarda le sue luride scarpe da ginnastica e arrossisce. Ancor più rosse si fanno le guance, poco più tardi, quando la responsabile del ricevimento – intenta a mostrargli cassaforte e minibar – lo informa anche del servizio espresso di lavanderia. L'avrà fatto di proposito? Che vergogna...

Qualche istante dopo, Aaron rimane solo nella finta Versailles che suo padre ha scelto per dargli il benvenuto a Zagabria. Si guarda intorno: nel salottino di cui dispone c'è un tavolo in marmo verde sul quale troneggia un mosaico di frutta esotica accompagnato da un biglietto del notaio Porcic. Poco lontano, in una coppa di cristallo, mirtilli e lamponi sono stati adagiati singolarmente da mani esperte. Questi li offre il direttore dell'albergo: un certo Imre Tóth. Pure lui, di suo pugno, ha scritto uno stiloso biglietto di benvenuto.

La pulizia, d'intorno, è museale. E quando Aaron apre l'armadio per sistemare le sue povere cose nota – sul retro di un'anta – la cornicetta dorata che svela il prezzo giornaliero del paradiso in cui si trova. Duemila kune. Più di duecento sterline: ciò che lui guadagna in una settimana di lavoro.

Ah! Quanto vorrebbe che fosse già domani! È assurdo stare in questo limbo provvisorio! Senza soldi, per giunta: tanto che – se non fosse per la frutta offerta dal notaio Porcic e dal direttore dell'albergo – stanotte andrebbe a letto senza cena.

Eccitato dalla principesca opulenza che lo circonda, Aaron comincia a esplorare la piccola reggia in cui si trova. La lucente sala da bagno, con le pareti e il pavimento in marmo bianco, gli pare una pista di pattinaggio su ghiaccio. Qui, le saponette profumano di verbena e una schiera di bagnischiuma provenzali promette d'incantare l'olfatto. Miele, verbena e vaniglia. Tante piccole bottigliette che contengono cosmetici preziosi. Sono troppe per lui, allora Aaron ne mette da parte due. Una per Anja. L'altra per Gennarino. Subito dopo si affaccia al balcone.

La vista è talmente piacevole e invitante che rimarrebbe volentieri lì, seduto, a contemplare Zagabria dall'alto in quest'ultimo giorno d'inverno. Ma è troppo grande in lui la voglia di mescolarsi alla città: per scoprirla ed esplorarla, in una ricongiunzione che Alejandro Jodorowsky avrebbe chiamato psicomagia.

(...)

Adesso Aaron si trova nel mercato Dolac: un luogo traboccante di colori, di profumi e di fascino est-europeo. Sui vecchi banchi, coreograficamente esposti, si presentano prosciutti dell'Istria, lenticchie verdi e rosa, noci, menta, funghi porcini essiccati, oltre a uno speciale pane impastato con lo strutto e i semi di sesamo. Aaron vorrebbe acquistarne un po', ma gli resta soltanto una manciata di monete estranee alla valuta del luogo. Anche il pane di mais è invitante: lo vendono nel padiglione del latte dove, fra l'altro, ci sono una sfilza di prodotti caseari, lampade al neon, odori pungenti e banchi frigo dai motori stanchi. Uno speciale formaggio bianchissimo è stato avvolto in garze di cotone. C'è pure una qualità di latte molto denso che una signora propone insieme al suo sorriso sdentato. Per assaggiarne un po', Aaron deve porgerle il dorso della mano e attendere che proprio lì – tra il pollice e l'indice – lei depositi una goccia di quel latte, servendosi di un piccolo mestolino in legno.

Il mercato Dolac continua anche all'aperto dove, a pomeriggio inoltrato, nonostante il freddo, si continuano a vendere fiori, sacchetti ripieni di lavanda, marmellate di mele cotogne e un insolito vino ottenuto dai mirtilli anziché dall'uva. Più in là, proprio di fronte alla cattedrale, Aaron vede il rosa antico delle patate di montagna, il dorato delle noci sgusciate e il giallo ocra delle pannocchie essiccate. C'è il rosso dei peperoncini – esposti in lunghe trecce – e c'è il bianco striato dei fagioli appena sgusciati.

Una signora con i capelli grigi e spettinati dal vento tiene allineate davanti a sé tante piccole bustine, piene di erbe medicinali i cui nomi sono scritti solamente in croato, tanto lei ha imparato comunque a spiegare ai turisti l'utilità dei rimedi che vende mimandone gli effetti. Se un certo fiore aiuta a riprendersi dall'influenza la donna improvvisa uno starnuto: simula di addormentarsi dopo aver indicato la camomilla, e spiega perfino gli effetti lassativi fingendo di calarsi la gonna e di sedersi su un gabinetto immaginario.

Accanto a lei Aaron si lascia incuriosire da un venditore di lupini e gli si avvicina. A gesti, chiede cosa siano quei legumi lucidi e gialli. L'uomo allora gliene porge uno: perché lo assaggi. I due si guardano negli occhi. Subito Aaron sente un brivido, ma non sa perché. Non immagina che quello sia il padre di Anja: e, dunque, suo nonno. Nel frattempo assaggia il lupino e siccome gli piace fa cenno che vuole comprarne un po'.

«Ma ho solo questa manciata di monete europee... Può accettarle?»

Il signor Ancic ne valuta il valore, affaticando gli occhi: e poi le infila in tasca. Subito dopo, sgocciola un mestolo di lupini e li sistema in una bustina di plastica trasparente. Adesso lui – pur senza saperlo – ha davanti a sé suo nipote: quello stesso nipote che, diciotto anni fa, ha ripudiato, considerandolo fonte di vergogna. Aaron ha appena comprato cento grammi dei suoi legumi e, per il piacere di Dio, gli ha perfino sorriso.

(...)

Pochi minuti fa Aaron è rientrato in albergo. Sono quasi le otto, ormai. Nella penombra, fra mille luci soffuse, l'Hotel Esplanade è ancor più cinematografico, forse perché il pianista, al bar, sta suonando *Over the Rainbow*. Aaron si attarda un po' nella hall. Si guarda intorno: ma si sente fuori posto e osservato con disappunto dal resto della clientela. La sua camera, intanto, è stata preparata per la notte da una scrupolosa governante che ha provveduto a sistemare un paio di pantofole in spugna bianchissima su uno scendiletto di lino color nocciola. Ha anche lasciato in dono sul cuscino un tradizionale biscotto alla cannella, avvolto da un sottile strato di carta trasparente. C'è pure un cartoncino azzurro con le previsioni del tempo per il solstizio di primavera.

Aaron apprende che, domani, a Zagabria splenderà il sole. La temperatura prevista al mattino è di due gradi centigradi. Saranno molti? Saranno pochi? Abituato al sistema di misurazione britannico, fatica a rendersene conto. In camera fa caldo. Aaron si leva la felpa e i pantaloni e si sdraia sul letto. Vuole fare buio nella mente. Offrirsi riposo e serenità: per godere appieno di quel momento, svuotandolo da tutto il resto.

Adesso Crystal, sua madre e suo padre, la prostituta di Amburgo, il casinò di Praga e il regista di *eastshowerboys.com* non esistono più. Nella sua mente resta solo l'incanto di un istante perfetto che lui riesce a isolare e a dilatare, concentrandosi sulla consistenza delle lenzuola in pelle d'uovo, e beandosi della principesca morbidezza dei cuscini di piume che, presto, lo accompagneranno in un sonno regale e piacevolissimo.

(...)

Zagabria. Ventuno marzo. È ancora buio nella stanza dell'Hotel Esplanade, quando Aaron viene svegliato dal melodioso squillare del telefono. Che ore saranno? Chi mai avrà bisogno di parlargli proprio adesso?

Con la voce ancora nel sonno, Aaron risponde.

«Buongiorno signor Ancic, sono le sette e venti. Il notaio Porcic ha disposto per lei questo servizio sveglia e le ricorda il vostro appuntamento per le nove.»

Ecco. Finalmente sta per succedere davvero. Suo padre. Il testamento...

Cento minuti ancora e tutto sarà svelato.

Aaron apre le tende: dopo tanto inverno, è impaziente di respirare la primavera. La pallida luce del mattino è dolce contro i suoi occhi ancora insonnoliti: e lui non perde tempo. Si prepara. Si veste meglio che può e scende nel gran salone dell'albergo. È la prima volta che fa colazione da signore. E se questo fosse un film, adesso, la macchina da presa dedicherebbe al suo volto un primo piano sempre più stretto. Non servirebbero le parole: lo stupore del suo sguardo riuscirebbe a raccontare le mille prelibatezze che gli sfilano davanti. Piccoli croissant ripieni di crema al gianduia, macaron al pistacchio, flan di latte guarniti con petali di rose, coppe piene di ribes, tartare di salmone, lamponi e champagne.

Il primo piano di Aaron, ormai, occupa tutto lo schermo ed è talmente vasto che gli spettatori riescono a vedere con chiarezza i suoi occhi azzurri, un po' a mandorla, e l'armoniosa geometria delle lentiggini sparse con grazia dal destino su una carnagione color del latte. Le labbra – rossissime, ma screpolate dal freddo – sono appena sbocciate in un sorriso talmente pieno e coinvolgente che tutti gli spettatori, in sala, si sono emozionati.

(...)

Adesso sono le otto e trenta. Manca soltanto mezz'ora all'appuntamento con il notaio Porcic. Il portiere d'albergo ha segnato chiaramente sulla mappa con un pennarello a punta fine il tragitto che Aaron dovrà compiere per raggiungere il suo studio. Sono meno di due chilometri, ma lui non li ha mai percorsi.

Nel frattempo, il notaio Porcic sta nuotando nella piscina comunale di Zagabria. È parecchio in sovrappeso e il cardiologo gli ha consigliato di smettere di fumare, di non mangiare più grassi e di fare almeno mezz'ora di attività fisica ogni giorno. In palestra, lui, non riuscirebbe a sentirsi a suo agio: e, a dire il vero, si sente un po' ridicolo anche ora, con indosso gli occhialini da nuotatore e la cuffietta obbligatoria: nera, per non dare troppo nell'occhio. È l'acqua fredda a infastidirlo più di tutto. Tanto che, mezz'ora prima di entrare in piscina, prende sempre una compressa di paracetamolo. Si è convinto che il medicinale possa aiutarlo a rendere meno traumatico il gelido impatto con l'acqua.

E così, mentre Aaron cammina per le strade di Zagabria, con la mappa in mano e il batticuore, il notaio Porcic – pur nuotando il più velocemente possibile – rallenta, come sempre, chi si trova dietro di lui. È imbarazzante: ma a far più in fretta non ce la fa. Il suo corpo è pesante anche quando è immerso nell'acqua. E lui lo odia. Odia anche asciugarsi nei mal riscaldati spogliatoi della piscina comunale e scoprire che la schiena gli è rimasta bagnata, proprio mentre s'infila la maglietta di lana: che punge, ma in compenso lo protegge dal raffreddore. È sempre affannato mentre si riveste: perché ha paura di arrivare tardi al lavoro.

In quanto a puntualità, il notaio Porcic è un uomo capace di molta disciplina. La sfida con la dieta, invece, la perde quasi sempre. Ora lui sta camminando verso lo studio. La sua crescente rapidità è dovuta al timore della pasticceria che, tra poco, apparirà a tentarlo. Già il vento la sta annunciando con sublimi profumi di mandorla, cannella e caramello. Maledizione!

Il notaio Porcic odia quando il vento è a suo sfavore, e cioè quando i profumi della pasticceria lo raggiungono prima che lui abbia oltrepassato quella vetrina tentatrice, e non, invece, dopo.

Una vetrina che non dovrebbe trovarsi lì: a intromettersi nel breve percorso tra la piscina e lo studio.

Fermarsi è un errore.

Resi accessibili anche agli occhi, i dolci si fanno irresistibili. Allora il notaio Porcic entra e acquista una grossa ciambella ricoperta di abbondante zucchero a velo. Lo fa il più in fretta possibile e con imbarazzo, come se stesse rubando al pasticcere, e non alla propria coscienza. Subito dopo, riprende a camminare con in mano il dolce che, di passo in passo, sbriciola lo zucchero a velo sul suo cappotto nero. È tremendo lo zucchero a velo: e, quando il notaio Porcic tenta di scuoterlo via con le dita, quel bianco microscopico si incunea ancor più fittamente tra le fibre del tessuto, marchiandolo come un monatto. Ah! Quanto sarà fastidioso il compiaciuto sorriso della segretaria davanti alla prova lampante di una nuova debolezza!

A questo sta pensando il notaio Porcic nel preciso istante in cui Aaron bussa alla porta del suo studio.

(...)

Oggi a Broadstairs è una bella giornata, e i gabbiani riempiono il cielo. Tutti possono vederli. Tutti possono sentirli. La madre di Aaron potrebbe uscire di casa, fare una passeggiata e fermarsi lungo la scogliera ad ammirarne il volo. Loro, così estranei alla sua condizione di essere razionale e pensante. Una complicazione inutile, la coscienza: quando basterebbe esistere infallibilmente guidati dall'istinto. Ma Anja non è un gabbiano: vive rinchiusa nella sua casa e si limita a sbirciare il cielo dalla finestra. Lo vede grande, immenso: lontano da sé in tutto e per tutto.

È pallida. È sciatta, perché il suo corpo non le interessa più. Pensarci la infastidisce. Soprattutto rendersi conto della sua silente richiesta di cura. Anche lavarsi è una fatica. Figuriamoci truccarsi. Da quando è nato Aaron lei non lo fa più. Come se essere bella fosse un fatto da evitare. E la trascuratezza, invece, un porto sicuro. Specialmente da quando suo figlio è in vacanza assieme agli altri gelatai. È diventato grande, ormai: e questo la addolora, aggravando la cronicità della sua tristezza, almeno quanto il turno serale al supermercato.

Ad Anja non piace lavorare fino a tardi. Anzi, lo detesta. Perché odia stare a casa al mattino.

Il mattino, con la sua luce, mette in chiaro lo stato acuto della depressione in cui si trova.

Il tè. Il tè bianco. Una delle poche passioni che le sono rimaste. Lo si capisce dalla cura con cui ne maneggia le foglie secche e delicate prima di versarle nella teiera.

Il calore della tazza fra le mani è rassicurante, materno.

Tra poco dovrà andare a fare la spesa e, come al solito, si sentirà in imbarazzo davanti alla cassiera. Perché in lei rivedrà se stessa, riconoscendo la noia e la difficoltà di doversi relazionare, ogni giorno, con mille persone diverse: impazienti soltanto di pagare il conto.

Una relazione umana superficiale quella tra clienti e cassiere: senza mai un sorriso e con pochissimi sguardi. Quasi sempre vuoti e privi di memoria. Soprattutto per lei, che avrebbe voluto fare la ballerina.

Anja, allora, sfila dalla borsa una scatoletta bianca. Dentro ci sono le sue pillole. Quattro. Di diverso colore. La sedano, la calmano, le portano via l'immaginazione, ma in compenso le permettono di continuare a vivere: sospingendola per la giornata come una foglia secca al vento.

Prima di uscire, mentre prende la sciarpa dall'appendiabiti, scopre che il postino ha infilato nella fessura della porta d'ingresso lettere, bollette e volantini pubblicitari che, disordinatamente, sono caduti sulla moquette. Luce, gas, council tax, le offerte speciali del supermercato per cui lei stessa lavora e una strana lettera senza mittente indirizzata ad Aaron.

Anja la guarda, la soppesa: e, quando accende la luce, si rende conto che il timbro postale è di Cardigan, nel Galles.

È una lettera non sua. Non le appartiene. Per questo la poggia sul tavolo della cucina. Ma è turbata, adesso. Non vuole più uscire di casa, né tantomeno fare commissioni. Invece prepara un nuovo tè. Ha bisogno di quel sapore forte e amaro. Senza latte e senza zucchero.

Poi lava i piatti, riordina: ma continua a pensare. Chi mai avrà scritto a suo figlio dal Galles? E perché la lettera è senza mittente? La carta è insolita, femminile ed elegante. L'indirizzo è stato scritto in uno stampatello ingenuo. Anja non riesce a smettere di pensarci. Vorrebbe aprirla, quella lettera. Ma Aaron ne rimarrebbe deluso. Domani, finalmente, lui ritornerà a casa e sarebbe insostenibile ricominciare la loro vita insieme con un litigio.

Eppure, nonostante tutto, Anja continua a guardare quella lettera con ossessione.

Trascorrono quindici, forse venti minuti. Fino a che lei si leva in piedi, riempie il bollitore e lo mette di nuovo sul fuoco. Al momento giusto però, anziché preparare un nuovo infuso, avvicina la lettera proveniente dal Galles allo sbuffo di vapore, che, inumidita la busta, scioglie in fretta il fragile sigillo di segretezza imposto dalla colla: fino a quando i bordi si sollevano con la delicatezza dei petali di una peonia. Con impazienza, Anja estrae il foglietto bianco diligentemente piegato in quattro parti, lo spiega davanti a sé e comincia a leggere.

(...)

Adesso Aaron sta parlando con la segretaria del notaio Porcic. Lei piccola di statura, lui così alto: fanno fatica a guardarsi negli occhi. «Le preparo un caffè?» domanda l'impiegata con consuetudine, mentre fa accomodare il ragazzo in un salottino d'epoca che ha le poltroncine con i braccioli in radica ormai non più lucida. Aaron risponde di sì e si guarda intorno. La sala d'attesa dello studio è opprimente. Ci sono libri dappertutto. Volumi grossi, antichi: logorati dal tempo e dalle mani. I colori sono opachi, velati dagli anni trascorsi. Le piccole gocce di cristallo, prigioniere del lampadario, tintinnano al vento perché, nonostante il freddo, la finestra è stata lasciata aperta.

Aaron ringrazia per il caffè che gli è stato servito: ma non lo beve. Troppa caffeina in un momento così delicato sarebbe una complicazione. La tazzina, di porcellana sottile, ha la doratura del bordo rovinata da troppe labbra.

Fra pochi minuti Aaron scoprirà tutto su suo padre, eppure, adesso, non sta pensando a lui: ma al bordo dorato della tazzina che ha davanti.

È proprio strana la mente dell'uomo.

È davvero imprevedibile.

(...)

Il notaio Porcic è appena entrato nel suo studio con il cappotto macchiato di zucchero a velo.

Aaron lo sente parlare con la segretaria ma non capisce cosa dicono in quella loro lingua a lui proibita. Adesso è talmente emozionato che la palpebra sinistra – pur contro la sua volontà – ha cominciato a tremargli.

«Signor Ancic?»

Intimorito, Aaron scatta in piedi.

«Mi segua, per cortesia.»

Il notaio cammina goffamente, a passi piccoli, ma svelti, per il lungo corridoio del suo studio tappezzato di mappe nautiche del Mediterraneo.

«La prego: si sieda.»

Aaron si ritrova in una stanza molto grande, ma tetra.

La sedia del notaio è antica. Sembra scomoda e lo contiene appena.

«Dunque, signor Ancic, grazie per essere venuto qui a Zagabria. Spero che l'Hotel Esplanade sia stato di suo gradimento.»

«E me lo chiede?» risponde Aaron impulsivamente.

Il notaio si perde tra le carte.

«Bene. Possiamo cominciare.

Dunque, suo padre, Borna Barcic, era un pianista che

poteva vantare una modesta carriera internazionale. Il decesso è avvenuto il diciotto febbraio scorso a bordo del Diretto 285 in viaggio da Szombathely a Zagabria. Il maestro aveva da poco compiuto trentanove anni. A causare la morte è stato un attacco cardiaco dovuto, probabilmente, alle complicazioni derivanti dalla malformazione del petto carenato che ha afflitto suo padre fin dalla nascita. La rincuorerà sapere che la morte è sopraggiunta pressoché istantanea. Ormai da tempo il maestro era cardiopatico: dunque conosceva la precarietà delle proprie condizioni fisiche ed era perfettamente consapevole della possibilità di una morte prematura. Ha qualche domanda prima che io proceda alla lettura del testamento?»

Aaron fa segno di no con la testa, felice di aver appena scoperto che suo padre era un pianista e non un trafficante d'armi.

«Dunque, procediamo.»

Il notaio Porcic apre la busta con un tagliacarte d'argento un po' annerito. C'è talmente tanto silenzio nella stanza che quel fruscio impercettibile risuona come lo sferzare di una frusta.

Nonostante le sue dita grassottelle, il notaio estrae con grazia quanto custodito dalla busta, si schiarisce la voce e, scandendo bene le parole, comincia a leggere.

«Io sottoscritto Borna Barcic lascio in eredità al signor Aaron Ancic figlio di Anja Ancic e di me medesimo l'appartamento sito al numero 88b della Maksimirska cesta: tutti i mobili che esso contiene, i miei dischi e i miei spartiti oltre al danaro che sarà presente sul conto corrente a me intestato al momento del mio decesso. Oltre a ciò, lascio anche la verità, custodita in una lettera sigillata.

Dispongo che il notaio Porcic – grazie alla procura sui miei averi – renda disponibile il danaro a mio figlio nel giorno stesso della lettura del testamento, dopo aver detratto l'onorario stabilito, i costi per un biglietto di Interrail, il danaro necessario a coprire le spese di viaggio da Broadstairs a Zagabria, il soggiorno del signor Ancic in una bella camera dell'Hotel Esplanade e l'acquisto del volo di ritorno per Londra.»

Il notaio ha finito. E ripiega il foglio.

Aaron lo guarda, ma non parla.

«Signor Aaron Ancic, lei accetta questa eredità?»

Aaron fa cenno di sì con la testa.

«Lo deve dire, signor Ancic! Lo deve dire a voce alta che accetta! Non basta fare di sì con la testa!»

«Io accetto questa eredità!» esclama Aaron a voce altissima, avendo cura di scandire a fondo ogni parola.

«Bene signor Ancic, il suo aereo partirà domani pomeriggio per Londra Gatwick alle 12.30 dall'aeroporto internazionale di Zagabria. Ecco il biglietto. Queste sono le chiavi dell'appartamento di suo padre, questa è la lettera contenente la verità. Infine, mi permetta di consegnarle un assegno bancario di 20.034 euro che potrà essere incassato in qualsiasi filiale della Capital Standard Bank, ma le consiglio la sede centrale, che disporrà certamente della valuta necessaria.

Le ricordo che le banche in Croazia chiudono alle 15.30 e che le servirà un documento di identità per procedere all'incasso. Le consiglio altresì di farsi dare banconote da 500 euro. Sono più facili da nascondere alla dogana: questa la ragione per cui suo padre ha preferito lasciarle i suoi averi in euro e non, invece, in kune o sterline. Ecco le ricevute da firmare e i documenti per il passaggio di proprietà.»

Aaron firma.

Il notaio Porcic si leva in piedi, gli stringe la mano, lo ringrazia, lo saluta, poi prende il telefono e chiede alla segretaria di far entrare il prossimo cliente.

«Lasci pure la porta aperta» dice, ma Aaron è talmente confuso che la chiude: e, senza essere stato autorizzato, ritorna nella saletta d'attesa. Ha i capogiri e sente il bisogno di sedersi. Vede davanti a sé la tazzina con il bordo dorato ancora piena e beve tutto d'un fiato quel caffè ormai freddo, ma ora necessario.

(...)

Anja ha appena cominciato a leggere la misteriosa lettera proveniente dal Galles e indirizzata a suo figlio.

C'è scritto:

Caro Aaron,

Crystal è morta diciotto mesi fa, in un incidente stradale. Io guidavo. E, se anche i giudici mi hanno assolta, so che lei è morta a causa mia. È vero: non avevo bevuto quel giorno, ma i danni dell'alcol restano dentro.

Era bellissima, Crystal. Ma questo tu lo sai. Conosci bene le sue foto. Anche quelle di quando era bambina.

Tu l'hai amata davvero. E questo tuo amore era grande, autentico e capace di regalarle una nuova esistenza.

Per te Crystal c'era. Ed era importante.

Io ho solo fatto in modo che potessi vederla in foto, ascoltare le pagine del suo diario: ed era come se, grazie a te, lei potesse continuare a esistere e a essere amata.

L'illusione di regalarle l'amore nonostante fosse morta è diventata l'unica ragione della mia vita.

Finalmente, lei, per te, c'era: era viva, ed esisteva ancora.

Non è questo un miracolo?

Grazie a te, la sua cameretta interrotta non era più un luogo macabro e immobile.

Invece viveva. Viveva di nuovo. Ma non mi rendevo conto che il prezzo delle mie illusioni lo stavi pagando soltanto tu.

Fino a che le parole non sono state più sufficienti.

All'inizio, con mille scuse, ti ho convinto a pazientare. Poi però hai preteso di incontrarla. Ed è stato allora che la situazione mi è sfuggita di mano. Non sapendo come comportarmi sono scomparsa. Ma leggevo comunque i messaggi, prima disperati poi rabbiosi, che continuavi a indirizzarle. E quando sei arrivato a insultarla, ho provato molta vergogna per aver causato a mia figlia anche questo.

Quel giorno, mi sono resa conto di quanto assurdo ed egoista fosse stato fin dal principio il mio progetto. Ma una madre che ha causato la morte della propria figlia è disposta a tutto pur di rimettere le cose a posto, anche soltanto illusoriamente.

Questo io ho fatto pur di ridare un senso alla mia esistenza. Fino al giorno in cui ho raccontato tutto a un sacerdote. E quello stesso uomo che mi aveva assolta dalla colpa di aver ucciso mia figlia mi ha liberato dal peso del male che ti ho fatto: a condizione che smettessi di scriverti e che ti raccontassi la verità in questa lettera.

Ma il facile perdono di Dio io non sento di meritarlo.

Invece perdonami tu, Aaron.

E grazie. Grazie per aver amato Crystal e per esserti preso cura di lei molto meglio di quanto abbia saputo fare io.

Una madre

(...)

Anja è sconcertata. Tiene in mano la lettera proveniente dal Galles, e si rende conto che di suo figlio non sa niente. Credeva di conoscerlo alla perfezione. Ora, invece, scopre che lui è stato talmente scaltro e cinico da nasconderle un'assurdità del genere. E chissà quant'altro! Sarà veramente a Brighton adesso? Starà facendo uso di droghe?

Chi diavolo è questa donna? E chi è Crystal?

Sembra la storia di quella madre americana che, qualche anno prima, servendosi delle foto di sua figlia, e impersonandola, era riuscita a adescare online un operaio e lo aveva sedotto, senza mai permettergli di incontrarla per davvero. Otto o nove mesi di delirio, finito nel sangue, quando l'uomo aveva ucciso a fucilate un ragazzo perbene: uno sprovveduto, caduto anche lui nella trappola di quella donna manipolatrice e diventato, per questo, un concorrente da eliminare. Anja ne aveva sentito parlare al telegiornale e aveva provato ribrezzo, senza nemmeno immaginare che qualcosa di simile sarebbe potuta accadere in casa loro!

La figlia della donna americana, almeno, era viva. Aaron, invece, si era innamorato di una ragazza morta! Senza mai accorgersi di niente. Cosa c'è al mondo di più macabro e più assurdo? E poi quell'impostora ha pure il coraggio di chiedere perdono...

No! Il perdono mai!

Chissà quanto avrà sofferto quel povero figlio suo, nelle mani di una pazza del genere! E chissà quanto soffrirà leggendo questa lettera e scoprendo la verità.

Anja è piena di rabbia, soprattutto contro se stessa. Per aver perso la fiducia di Aaron o, peggio, per non averla mai guadagnata.

Ah! Quanto è difficile essere madre di un figlio imposto dal destino!

Anja piange spesso. Ma ora non lo fa, e i suoi occhi restano immobili, in uno stato di sofferenza superiore.

Con gesti deboli e lenti, ripiega la lettera in quattro parti, la infila nella busta e la richiude con la Coccoina. Poi sale le scale e la posa sulla scrivania di Aaron.

Chissà se troverà mai il coraggio di parlargliene. Vorrebbe continuare a pensarci: ma si accorge di non avere più tempo. Fra poco il suo turno di lavoro comincerà: e lei dovrà passare sullo scanner del supermercato i pacchi di carta igienica, i piselli surgelati, il tonno in scatola, la Marmite, la tinta per capelli, il ketchup e le saponette. A ciascun cliente, poi, dovrà presentare il conto, stando attenta a dare il resto giusto: nonostante i farmaci le annebbino la mente.

Sbaglierà spesso, oggi. E il suo responsabile se ne lamenterà. Ma, come potrebbe riuscire, lei, a concentrarsi dopo una lettera del genere? Anja vorrebbe che Aaron fosse già qui, ora. Vorrebbe riabbracciarlo e scusarsi con lui per non averlo amato nel modo giusto: permettendo alla sua depressione di venire per prima, sempre e comunque.

Sarà difficile guardarlo negli occhi, domani, sapendo tutto ciò che le nasconde. Ma, in fondo, non è questo che lei ha fatto con lui fin da quando era bambino? Come avrebbe potuto meritare un trattamento diverso?

Dovrà cambiare tutto, però. E presto.

Anja lo capisce. Ne prende atto: come un generale disabituato alla vittoria, che, nel fango di un malandato accampamento militare, intuisce la strategia che potrebbe riscattare il suo destino.

(...)

Aaron è appena uscito dallo studio del notaio Porcic e sta cercando sulla mappa l'indirizzo della sua nuova casa. Ha la verità in tasca: ma, per ora, preferisce tenerla chiusa nella busta in cui gli è stata consegnata. Non riuscirebbe mai a leggerla al freddo, per strada. Vuole che accada in un momento perfetto.

È paradossale. Ha con sé un ricco assegno: ma non dispone del contante necessario a pagare il biglietto del tram per raggiungere l'appartamento che ha ereditato. Allora cammina spedito e, con la collaborazione dei passanti, riesce a raggiungere la Maksimirska cesta nel preciso istante in cui le campane di una chiesetta annunciano il mezzogiorno con piccola solennità.

È un buon segno.

Invece, l'alveare di cemento che Aaron si ritrova davanti a incombere su di lui è opprimente: un monocromo grigio e ripugnante di balconi inospitali stipati di bombole del gas, sacchi di cipolle, mobiletti squinternati e biciclette appese a ganci malfermi. Un affollamento di miseria e di degrado che, dopo i fasti dell'Hotel Esplanade, stona appieno con le sue aspettative.

È confuso. Tanta discordanza gli sembra un rompicapo irrisolvibile.

Ma, chi era davvero suo padre? E in che relazione potrà mai trovarsi un albergo a cinque stelle con un edificio del genere? Fermo, davanti al portone d'ingresso e con le chiavi in mano, Aaron non trova il coraggio di entrare: sta ritardando l'inevitabile.

Ha attraversato mezza Europa per arrivare fin qui: ha affrontato difficoltà e ostacoli impegnativi ed è assurdo che, ora, non abbia la forza di varcare quella soglia. Si attarda, temporeggia. Adesso si è perfino voltato pur di non vedere quell'obbrobrio architettonico che turba e impaurisce incutendogli soltanto disagio e repulsione. Chissà, forse spera che i dintorni si rivelino più incoraggianti di tanta scabrezza: ovunque guardi, però, tutto è fatiscente, tutto è lugubre: a eccezione di una piccola gelateria con le vetrine allegre e ben illuminate. Ad Aaron pare un'oasi che, subito, raggiunge a passi svelti, bisognoso com'è di ritrovarsi in un ambiente a lui familiare.

Nocciola, fragola, pistacchio, cioccolato, limone e stracciatella. I gusti disponibili sono soltanto questi, ma sembrano ben preparati da un giovane gelataio sorridente.

«Parli inglese?» gli domanda Aaron.

«Sì, un po'» risponde lui, incuriosito dal fatto che un ragazzo dai lineamenti tanto slavi gli si rivolga in una lingua straniera.

«Questo gelato» prende tempo Aaron «lo producete voi? È artigianale?»

«Sì, certo. Il pistacchio l'ho finito di preparare proprio adesso.»

«Con la farina di carrube?»

«Naturalmente: ma tu come lo sai?»

«Anch'io sono un gelataio. Lavoro a Broadstairs nella

storica gelateria Morelli: una delle più importanti di tutto il Regno Unito.»

«Non sembri mica inglese, però. A prima vista ho pensato fossi croato. Non ci crederai, ma somigli perfino a un mio cliente abituale, un pianista che vive qui di fronte.»

Aaron proprio non se l'aspettava, né era preparato al fatto che quelle parole sarebbero riuscite a raddoppiargli, in un istante, i battiti del cuore.

«Un pianista? Ti ricordi per caso il nome?»

«Borna. Borna Barcic. Viene spesso qui e prende sempre gli stessi gusti: cioccolato e stracciatella. A proposito, è da un po' che non lo vedo: capita spesso quando è in tournée...»

Aaron guarda le vaschette di gelato preferite da suo padre e istintivamente domanda: «Ed è gentile con te?».

«Sì, sempre: anche se parla poco e sorride con imbarazzo. Non sembra un uomo felice, però, e quando attraverso in bicicletta il parco Maksimir lo vedo spesso lì, da solo, su una panchina, a dar da mangiare alle tortore, come i vecchi.»

Aaron è stupefatto da ciò che il gelataio gli ha appena svelato sul conto di suo padre: e vorrebbe chiedergli mille altre cose, ma lui lo precede:

«Allora, preferisci un cono o una coppetta?»

«Ehm... Veramente ho dimenticato il portafoglio in albergo.»

Il gelataio ci pensa su e si accorge che questa sarebbe proprio una bella occasione per carpire a quel ragazzino qualche accorgimento per rendere il suo gelato ancor più squisito.

«Nessun problema» si affretta quindi a rispondergli, sorprendendolo di nuovo, mentre lui sta fingendo di frugarsi nelle tasche pur sapendo che non gli è rimasta nemmeno una moneta. «Tra colleghi ci si aiuta! Ecco, questo è un bel cono cioccolato e stracciatella: come piace al Maestro, visto che l'abbiamo menzionato. Tu, piuttosto, dato che lavori in un posto così importante, saresti in grado di aiutarmi a migliorare la qualità del mio gelato?»

«Se posso, volentieri.» Aaron riceve con gratitudine quel dono insperato e comincia ad assaporarlo come un esperto sommelier.

Non ha fretta di dare il suo responso. Vuole dimostrare di essere competente. Ecco perché, soltanto dopo una lunga riflessione, si decide a offrire i suoi consigli, a voce bassa, però, e con la coscienza sporca: perché i segreti della gelateria Morelli dovrebbero essere custoditi e non certo sputtanati in questo modo.

(...)

Adesso Aaron è seduto su una panchina del parco Maksimir lungo un viale contornato da decine di lampioni antichi. Qui sì che c'è serenità. Qui sì che Zagabria s'addolcisce, nuovamente. In lontananza, come posato su un'altura, un fiabesco gazebo con tanto di torretta panoramica trasmette all'animo privilegio e solennità. Fa freddo, ma la primavera, puntuale, già si mostra lungo i rami rinsecchiti dall'inverno.

Solo gemme per ora, non ancora fiori.

Del gelato, ormai, è rimasto soltanto il cono: rammollito e stretto fra dita appiccicose di latte e cioccolata che Aaron golosamente lecca prima di sfarinare il cono e offrirlo alle tortore già radunate attorno a lui, come in un rituale.

È lì ora, come suo padre: con il sapore della stracciatella ancora in bocca: a distribuire briciole, pur di non sentirsi solo. Un esercizio di immedesimazione fra due anime che, ormai, non possono incontrarsi più.

"Che timore posso avere di un uomo del genere?" pensa, e istintivamente si leva in piedi.

Ora, finalmente, non ha più paura.

(...)

Aaron sta guardando con speranza le chiavi che il notaio Porcic gli ha da poco consegnato. La più grande servirà senz'altro ad aprire il portone dello squallido edificio che, nuovamente, gli si staglia davanti.

Uno scatto secco, metallico.

Subito dopo Aaron si ritrova in un androne cupo, che sa di muffa. Guarda le ragnatele lungo la ringhiera, guarda le bolle d'intonaco gonfie d'umidità ammorbare il soffitto e prova ribrezzo.

Gli scalini sono vecchi, ad uno ad uno consumati.

Terzo piano. Senza ascensore. Addio porte girevoli. Addio fragranze provenzali: Aaron, adesso, si trova nel regno delle blatte e degli scarafaggi! Per non parlare dei fili elettrici scoperti e dei vetri rotti.

Interdetto, raggiunge la porta d'ingresso della sua nuova casa. MAESTRO BORNA BARCIC è stato inciso su una targa in ottone, pulita di recente e luccicante.

Aaron si ferma a contemplarla con la stessa emozione di quei pellegrini che, esausti, raggiungono la cattedrale di Santiago di Compostela al termine del loro cammino. Anche lui, come loro, si rende conto della crucialità di quel momento. Con tremore, allora, infila la chiave nella toppa. Un giro, due giri: e poi il terzo, a risuonare nel silenzio del pianerottolo.

La porta si apre.

Tanfo, camuffato dal nauseante profumo di un deodorante per ambienti a buon mercato.

Sconcertato, Aaron si guarda intorno: l'appartamento è pieno, ma anche vuoto. C'è il letto, a una sola piazza, c'è una stufa di maiolica, c'è il pianoforte, ci sono gli armadi e le poltrone, il divano e la libreria, il frigorifero e il forno. C'è anche un tavolo con quattro sedie. Ma tutti i mobili sono stati svuotati. È evidente: perfino da morto il padre continua a negargli la sua intimità.

Le ante e i cassetti non contengono più niente, così come i ripiani della libreria, le mensole e le credenze. Sembra una casa disabitata: o non ancora abitata. Ed è proprio questa, in fondo, la condizione di confine in cui l'appartamento si trova.

Come espresso dal testamento, Aaron nota che, sul tavolo, sono stati lasciati per lui alcuni dischi e una pila di spartiti. Gli spartiti sono vecchi e pieni di annotazioni scritte da suo padre con una grafia minuta. Anche i dischi sono inattuali: come se la carriera del Maestro si fosse bruscamente interrotta poco dopo essere cominciata.

Aaron ne guarda uno: sul retro c'è stampata una foto di suo padre, quando ancora era ragazzo.

Il disco custodisce la sonata *Hammerklavier* di Beethoven. Aaron non ha mai azionato un giradischi e fatica ad appoggiare la puntina sui microsolchi del vinile. Dopo un breve frusciare, le note cominciano a riempire di solennità la sua nuova casa.

Aaron si guarda intorno. Tutto è sconosciuto ai suoi occhi ed è vecchio, logorato dal tempo. Tanto che non gli pare proprio di trovarsi nella casa di un uomo nemmeno quarantenne. Tutto è grigio, geometrico e fuori moda. In particolare lo specchio, macchiato dal tempo e orfano di una cornice che non c'è più. Aaron si osserva riflesso: e, contemporaneamente, guarda la foto di suo padre riprodotta sul retro del disco.

Accidenti! Borna Barcic era proprio uguale a lui!

In quel momento Aaron si ricorda della lettera che il notaio gli ha consegnato e la prende in mano.

VERITÀ c'è scritto al centro, con una grafia da formica.

Allora si siede sullo sgabello del pianoforte e, dopo aver premuto qualche tasto a caso, comincia a leggere.

Caro figlio,

non ti ho mai visto, né so chi sei. Perché così ha voluto tua madre.

I miei genitori, invece, li ho conosciuti entrambi.

Lavoravano in una fabbrica di dadi per brodo, e – chissà per quale forma di rivalsa sociale – hanno preteso che diventassi un pianista.

Pur di renderli felici, li ho accontentati. In fondo, ero fiero che credessero in me a tal punto da ritenermi capace di soddisfare le loro enormi aspettative. Questi genitori così narcisisti e possessivi io li ho amati e li ho odiati. E il giorno in cui sono morti non ho pianto.

Da allora mi sono ritrovato solo. Avevo molti debiti e pochi soldi per pagarli. Mancava ancora un anno al diploma. Mi sentivo perso. Per guadagnare qualcosa, ho cominciato a dare lezioni. Ho suonato ai matrimoni e ai funerali. Ho conosciuto la fame. Ho mangiato le zampe di gallina che il macellaio mi regalava. Ho avuto freddo tutte le notti d'inverno. L'ho fatto pur di continuare a studiare. Studiavo mattina e sera. E la notte sfioravo i tasti senza produrre suono, pur di esercitarmi e non disturbare la signora Rukavina, che vive dirimpetto ed è completamente pazza (stalle alla larga, mi raccomando!).

A mano a mano che vendevo i mobili, la casa si svuotava del suo passato e faceva meno paura. Alla fine, sono rimasti soltanto il letto, il pianoforte e la rabbia dentro di me.

Fra i miei studenti c'era una ragazzina. La figlia del venditore di lupini del mercato Dolac: un uomo ossessionato dalla musica e capace di sacrificare gran parte dei suoi risparmi pur di comprare a tua madre un pianoforte e pagare le mie lezioni.

Era bella Anja: emozionante a tal punto che quando sorrideva mi veniva la pelle d'oca. Ed era talmente allegra che i tasti neri del pianoforte la rattristavano. «Hanno suoni troppo cupi» diceva. E io le rispondevo che, non a caso, erano neri. Altrimenti li avrebbero dipinti di rosso o di giallo.

E così, mentre facevamo lezione nel mio appartamento saccheggiato dalla miseria, mi distraevo e non riuscivo a concentrarmi. Sentivo il suo profumo. E mi innamoravo di lei ogni volta di più.

Fino a che un giorno ci siamo baciati. E credo che a lei sia piaciuto: perché, mentre succedeva, a un certo punto, mi ha accarezzato e ha sorriso.

Ecco: quello è stato l'unico vero bacio che io abbia mai dato nella mia vita. L'ultimo istante di felicità prima che tutto venisse distrutto. Da me. Dalla mia impazienza, dalla mia rabbia, dall'inquietudine che mi covava dentro e che da troppo tempo aspettava di esplodere.

È capitato quando Anja, all'improvviso, mi ha allontanato da sé, spingendomi via con entrambe le mani. Aveva gli occhi spaventati. Me lo ricordo bene: forse la stavo baciando troppo intensamente, forse le mie mani l'avevano impaurita. Forse aveva percepito che dentro di me c'era il male.

Allora siamo rimasti immobili: e ci siamo guardati.

Non saprei dirti quanto a lungo.

A me è sembrata un'eternità.

Poi lei si è alzata di scatto ed è corsa verso la porta.

È stato allora che ho preso la decisione più sbagliata possibile: la più egoista e la più deprecabile di tutte. Sono stato impulsivo. Sono stato cattivo. Le sono corso dietro, l'ho afferrata e l'ho costretta a stare con me. Le ho premuto una mano sulla bocca. Perché non strillasse. E con l'altra la accarezzavo.

Le ripetevo: «Non avere paura, Anja... non avere paura...». E mentre la rassicuravo, però, ho preteso che subisse la mia violenza. Anche se lei, in tutti i modi, cercava di liberarsi.

Io ho fatto questo.

Ed è tremendo che tu sia stato concepito così.

Non saresti dovuto nascere, invece Anja ha voluto che esistessi: anche quando sua madre l'ha cacciata di casa, per evitare scandali, nascondendola in campagna, dagli zii, in un villaggio lontanissimo da Zagabria, al confine con la Serbia.

Lì, hanno cercato di convincerla a sposare un vecchio fattore, per rimediare ai miei errori. Ma lei ha rifiutato. E ha rifiutato anche di sposare me: nonostante fossi pentito e desiderassi riscattarmi più di ogni altra cosa.

Poi, appena compiuta la maggiore età, Anja ha rubato tutti i risparmi degli zii ed è scappata dalla Croazia con un visto turistico, per andare a vivere con te in Inghilterra. E chissà, poi, perché a Broadstairs. Poco prima di partire mi ha scritto una lettera, chiedendomi di scomparire per sempre dalla sua e dalla tua esistenza.

L'ho fatto e, fino a oggi, ho rispettato il suo volere.

Io, che ti ho dato la vita in un modo tanto assurdo e violento, oggi non esisto più. E, nonostante tutto, sono qui, davanti a te, per essere giudicato. Il fatto di non averti mai conosciuto e di non averti mai abbracciato – pur sapendo che c'eri ed eri parte di me – è stato doloroso. Come deve essere stato enormemente doloroso per tua madre amare il frutto della mia violenza.

Ho poco da lasciarti. Un piccolo appartamento alla periferia di Zagabria, il pianoforte e i risparmi che il notaio troverà nel conto in banca, al momento della mia morte. Per anni ho maledetto con rimorso la mia colpa. Ma oggi tu sei qui. E la consapevolezza che una persona meravigliosa possa esistere come esito del mio gesto malato è stato l'unico appiglio che mi ha permesso di continuare a vivere.

Ti chiedo perdono per tutto questo. Ma, allo stesso tempo, non posso fare a meno di essere felice che – a causa del mio errore – oggi tu esista: e che saprai certamente essere un uomo migliore di me.

Tuo padre,
Borna Barcic

(...)

Aaron ha appena finito di leggere la lettera ed è fermo: anzi, è immobile davanti allo specchio senza cornice che impietosamente gli svela quanto il suo sguardo sia stato cambiato da quelle parole.

È lo sguardo di un altro. Di qualcuno che, ormai, conosce la verità: e non potrà più tornare indietro.

La *Hammerklavier* di Beethoven interpretata dal maestro Borna Barcic continua, nel frattempo, a risuonare.

È come se il padre di Aaron fosse lì, adesso, e si stesse esibendo per lui. Le note si fanno sempre più veloci e ossessive. Aaron le sente marciare contro di sé come un esercito nemico.

Allora corre verso la finestra.

Ha bisogno d'aria fresca.

Ha appena scoperto di essere frutto d'una violenza avvenuta lì, in quella stanza. Ora capisce perché Anja piange sempre e la sua depressione non migliora.

Tanta verità tutta insieme. Troppa: a opprimere la mente. A invaderla come un parassita.

Aaron si sporge dalla finestra. Vorrebbe che il vento lo riportasse indietro nel tempo. Ma il vento questo non lo sa fare.

Allora strilla.

Urla più forte che può.

La musica eseguita da suo padre, d'intorno, si fa sempre più travolgente. Con il respiro isterico dei conigli spaventati, Aaron corre verso il giradischi, raschia con rabbia la puntina sul vinile, prende in mano il disco e lo manda in frantumi spaccandolo contro il ginocchio.

Quei frammenti, adesso, si trovano dappertutto.

Scaglie nere che Aaron guarda in silenzio, mentre cerca di fare ordine nei pensieri.

Ma i suoi pensieri sono troppo ingarbugliati per disciplinarli: odio, rabbia, incertezza, paura. Tutto mischiato insieme a trasformare la sua nuova casa in un luogo insopportabile.

Accettarla significherebbe rendersi complice di un reato.

Un reato senza il quale lui non sarebbe stato concepito e non esisterebbe: ecco perché, odiando suo padre, Aaron, adesso, sta odiando anche se stesso.

La pendola batte tre colpi.

Tra mezz'ora la banca chiuderà.

Aaron si rende conto che l'assegno bancario dovrà essere incassato entro oggi perché quei soldi gli serviranno per raggiungere l'aeroporto e poter tornare a casa. Ed è proprio questa incombenza a rappresentare l'innesco necessario a scaraventarlo nella sua nuova vita. Infatti ha appena chiuso la porta di casa e ha cominciato a scendere di corsa le scale logore salite da sua madre e da suo padre. Mentre si affretta, guarda la mappa che il portiere dell'Hotel Esplanade gli ha consegnato e, nonostante faccia freddo, suda: perché sta correndo pur di raggiungere in tempo la sede centrale della banca che, per fortuna, trova aperta.

Stravolto, mostra al cassiere l'assegno e il passaporto.

Nemmeno lo saluta.

«In biglietti da cinquecento» dice soltanto, col fiatone.

Il cassiere, che mai prima d'ora ha cambiato un assegno in euro di tale portata, lo guarda interdetto, ma siccome tutto è in regola, conta i soldi, dispone le quaranta banconote in doppia linea davanti a sé – affinché Aaron possa verificarne l'ammontare –, poi, con insopportabile lentezza, le ripone in una busta bianca.

Nel farlo, pensa di trovarsi davanti a un delinquente.

Chi altro entrerebbe in banca, all'ultimo minuto – e in quelle condizioni –, per cambiare un assegno del genere?

(...)

Aaron è appena ritornato all'Hotel Esplanade. Ha allineato le sue quaranta banconote viola, da Monopoli, sul letto immacolato, si è steso accanto a loro e ha cominciato a guardare il soffitto.

Si sente sporco, colpevole, e una sensazione fangosa lo tormenta. Questa notte il sonno verrà con parsimonia; sarà turbato, macchiato, ammutinato da troppi dubbi e domande.

Perché sua madre gli ha nascosto tutto?

Perché la depressione perdura dopo quasi vent'anni dalla violenza subita?

E suo padre?

Era già maggiorenne quando ha abusato di Anja: più piccola di lui, fragile e indifesa. E, ora, da morto, vorrebbe rimediare. Sì, ma come: con ventimila euro e un appartamento pieno di scarafaggi?

Aaron sta annegando nella confusione.

Potrà mai confidare a sua madre ciò che ha scoperto?

E i soldi?

Li vuole davvero?

Sarebbe giusto accettarli come risarcimento per il danno subito?

Ma in fondo quale danno?
Quello di esistere?
Di essere vivo?
Ah! Quanto è difficile questa situazione!
Impossibile da decifrare!
E domani è troppo presto!

Occorre decidere in fretta se odiare o perdonare, se accettare o rifiutare. Domani, a quest'ora, Aaron arriverà a Broadstairs e sarà costretto a guardare sua madre negli occhi, con la verità nei suoi.

Non sarà facile. Ma dovrà essere fatto.

(...)

È notte alta quando Aaron si risveglia stringendo forte a sé una treccia di lenzuola tormentate. È agitato. Ha la fronte umida di sudore e il respiro affaticato dall'angoscia. Si siede sul letto e istintivamente accende l'abat-jour. La luce improvvisa è affilata contro gli occhi: ma lui li tiene aperti lo stesso. Con la mano afferra la bottiglietta lasciata sul comodino dalla governante e svita il tappo.

Beve.

L'acqua frizzante accentua l'amaro della bocca.

Ancora assonnato, prende la cornetta del telefono e contatta la portineria.

«Vorrei chiamare un numero inglese: come devo comportarmi?»

Prontamente, il portiere notturno comunica ad Aaron che ci penserà lui a metterlo in comunicazione.

Pochi istanti dopo il telefono trasmette il segnale britannico di linea libera.

Uno. Due. Tre. Troppi squilli.

Fino a che qualcuno dall'altra parte risponde.

«Ma chi è?»

«Gennarino! Scusami! Sono io: Aaron. Grazie a Dio ti sei svegliato! »

«*Aròn*, sono le tre del mattino: *Gesùgiuseppemaria*!

Prima scompari definitivamente. Non chiami più e poi riappari in piena notte: senza preavviso, come l'angelo della morte!»

«Hai ragione Gennarino, da vendere! Ma non avevo i soldi per telefonare. Devi credermi. Sono successe mille cose: e le ho affrontate tutte da solo. Ma adesso ho proprio bisogno di te!»

«*E vabbuono, Aròn*! Svuota il sacco.»

«Sono stato dal notaio di Zagabria.»

«E allora? Che hai scoperto?»

«Mio padre era un pianista e mi ha lasciato un appartamento, oltre a ventimila euro.»

«Bingo!»

«Non proprio. Ha violentato mia madre. Ecco come sono nato io. Ecco perché mamma è fuggita in Inghilterra e sta sempre male...»

«Ma questo, tu, come lo sai?»

«Me l'ha scritto lui, in una lettera in cui mi chiede perdono.»

«Ah!»

«Era proprio un pezzo di merda: e i suoi soldi io non li voglio.»

«*Ma sì pazz'?*»

«Gennarino, il perdono non si compra!»

«*Aròn, sient'a mme*: prendi i soldi e *futtatenne*!»

«Se accetto i soldi vince lui!»

«E cosa vince? Nella bara sta!»

«Si lava la coscienza e riposa in pace. Invece deve marcire all'inferno: bastardo!»

«Se proprio non vuoi i soldi dalli a me, anzi, a tua madre: ne avrebbe bisogno. Per il mutuo, per la casa.»

«E se scoprisse che provengono da Lui?»

«Un gratta e vinci fortunato: ecco tutto quello che deve

sapere. Siete sempre con le pezze al culo, almeno vi rimettereste un po' in sesto.»

Aaron resta in silenzio. Si sta lasciando tentare dal senso pratico del suo amico napoletano.

«*Aròn*, ci sei?»

«Sì, ci sono. A proposito, Gennarino: il mio volo arriverà a Londra domani alle 14.45. Potremmo incontrarci tutti alla stazione dell'aeroporto nel pomeriggio. I treni provenienti da Brighton fermano sempre a Gatwick...»

«Ci puoi contare! Così abbiamo detto: e così faremo!»

«Siamo sicuri che mamma non si accorgerà di niente?»

«*Aròn*, mamma tua è rincoglionita dagli psicofarmaci. Considerala un gatto senza un occhio. A proposito: dici sempre che non ci sono soldi per curare la sua depressione. Ecco: ora ce li hai. Vuoi ancora buttarli via o usarli per guarirla?»

«Be', questo sarebbe veramente paradossale!»

«Però, magari, funzionerebbe. Pensaci» conclude Gennarino un attimo prima di salutarlo.

(...)

Adesso Aaron sta osservando con occhi nuovi tutti quei soldi senza re e senza regina, allineati come i tasselli di un domino lungo il suo letto bianco. E se Gennarino avesse ragione? Se quel danaro potesse davvero servire a pagare il miglior psicoterapeuta del Kent, per curare Anja e trascinarla fuori dalla depressione? Aaron diventerebbe soltanto il tramite per rendere possibile la tardiva redenzione di suo padre. E la vittima verrebbe guarita, a sua insaputa, dal carnefice.

È vero. Sarebbe paradossale. Ma, in fondo, perché no?

Questi pensieri e questi turbamenti rendono infinita l'ultima notte di Aaron a Zagabria, in un'intermittenza di sonno e veglia. Di impulso e consapevolezza. Di istinto e coscienza.

In mezzo a tanta confusione, l'unico sentimento nitido è il desiderio di riabbracciare Anja e, segretamente, ringraziarla per averlo fatto nascere.

Questo sentimento d'amore contrasta a fondo con l'odio nei confronti di Borna, verso il quale Aaron prova soltanto rabbia e disprezzo.

Ma, in fondo, l'odio e il rancore non hanno finito per

distruggere sua madre, facendola sprofondare nella depressione?

A cosa sono serviti se non a procurare dolore, lacrime e malattia?

In un istante di lucidità Aaron immagina che il perdono potrebbe rivelarsi un atto d'amore per se stesso: e non soltanto un gesto di clemenza verso suo padre. Insomma: l'unica vera possibilità per liberarsi dal male subìto. Una forma di sano egoismo capace di proteggere la mente, preservandola da nuove sofferenze.

Del resto, ormai, lui è nato.

E suo padre è morto.

Che senso avrebbe continuare a soffrire?

La notte gocciola via così: alla ricerca di una consapevolezza che Aaron vuole trovare a tutti i costi prima di salire sull'aereo, e ritornare a casa, lasciando Zagabria con una decisione chiara.

Da non rimpiangere mai.

(...)

Broadstairs. Il sole è appena sorto. Anja sta passeggiando lungo la spiaggia. È molto vicina alle onde. I suoi passi, leggeri sulla sabbia umida, sembrano seguirla. Si volta, li guarda. Vorrebbe liberarsene. Poter camminare senza lasciare impronte. Che non ci fosse più passato nella sua vita. Ma il presente soltanto.

La nuvolaglia rumorosa dei gabbiani, il vento intriso di salsedine, la tempestosa scompostezza dei capelli, le labbra disabitate dai sorrisi, lo sguardo distratto dai pensieri e spento dai farmaci. Tutto per Anja è immensamente faticoso. La scalinata che, dalla spiaggia di Broadstairs, si arrampica fino all'Hotel Albion è un Everest. Camminare al tramonto fino al porto di Ramsgate pare un viaggio in Russia.

"Defedamento psicofisico aggravato da grave stato ansioso-depressivo cronico" recitano le diagnosi, pur di dare un nome alla condanna che Anja si sarebbe inconsapevolmente inflitta per sfuggire alla responsabilità di essere madre.

Ah! Quanto le piaceva vivere! Ora, invece, ogni giornata è diventata una faccenda interminabile, uno sfinente susseguirsi di compiti e doveri: con qualche sigaretta, di tanto in tanto, per alleggerire la tensione.

Un piccolo pesce che somiglia a uno squalo giace agonizzante sulla battigia, sfiorato appena dalle onde. Dal muso alla coda è più corto di una mano. Anja, ora, si è appena chinata su di lui per vederlo meglio. I loro sguardi s'incontrano. Il pesce scorge in lei l'ultima vaga possibilità di sopravvivenza. La sua bocca, intanto, e le branchie si aprono ritmicamente in spasmi disperati. L'aria – tanto necessaria agli uomini per sopravvivere – gli è letale.

«Se ti lascio vivere, se ti rimetto in mare, tu crescerai e farai del male agli altri pesci. Sei un predatore. Ma non vieni predato. Quelli come te al mondo non dovrebbero esistere. Creatori di vittime e di dolore. La marea ti ha spiaggiato qua per un motivo: sei stato espulso dal mare. Rifiutato. E non sarò certo io a stravolgere l'ordine del mondo.»

Un sorriso, forse, impercettibile, ma già scomparso. Gli occhi che si illuminano per un istante, mentre il pesce muore contraendosi in un ultimo spasmo disperato.

(...)

Adesso sono le sette del mattino e Aaron sta entrando per primo a fare colazione nel gran salone dell'Hotel Esplanade: ma quelle stesse prelibatezze che ieri lo hanno mandato in visibilio oggi non lo emozionano più. Beve il caffè, spalma il burro e la marmellata sul pane tostato e ringrazia la cameriera che gli serve una cioccolata densa, destinata a rimanere impressa sul tovagliolo, quando lui si pulirà le labbra.

Di ritorno in stanza, Aaron chiude lo zaino e si accerta di avere con sé il biglietto e il documento di identità.

Manca ormai poco alla partenza quando il telefono, melodiosamente, squilla.

«Signor Ancic? C'è una telefonata internazionale per lei.»

«Una telefonata internazionale?»

«Sì, esatto.»

«Ed è per me?»

«Lo è certamente, signor Ancic.»

«Ah! Bene. Ma... chi chiama?»

«Non saprei dirle: dalla voce mi è parsa una donna.»

«Una donna?»

Aaron si preoccupa. Sarà di certo sua madre. Diamine! Ma come ha fatto a rintracciarlo?

«Signor Ancic? Mi sente?»

«Sì che la sento: sono qui...»

«Allora che faccio? La telefonata gliela passo oppure no?»

«Certo che me la deve passare!»

«Benissimo. Mi permetta...»

Subito dopo, una voce di donna compare dal nulla.

«Aaron...?»

«Sì...»

«Aaron, sono io.»

«Io, chi?»

«Colette, la ragazza che ti ha prestato la bottiglia con le mucche. Ci siamo conosciuti l'altro ieri, a Lubiana. Non ricordi?»

«Colette! Non immagini quanto sia felice che sia tu!»

«Sai, volevo ringraziarti per la vignetta lasciata dentro la bottiglia. È stato un po' difficile tirarla fuori, ma adesso è qui sulla scrivania a rallegrarmi.»

«Ah! Bene. Mi fa piacere. Ma... come hai fatto a trovarmi?»

«Hai detto che il tuo albergo era vicino alla stazione di Zagabria. Dunque li ho chiamati tutti e cinque. L'Hotel Esplanade, in verità, l'ho tenuto per ultimo. Non pensavo che potessi permetterti un posto del genere: mi hai detto che non avevi un soldo!»

«Ah, Colette! Credimi, è una storia davvero complicata: ma adesso non te la posso raccontare perché sono in ritardo.»

«Mi lasci almeno la tua email?»

Aaron ci pensa su.

«Perché, invece, non vieni a trovarmi uno di questi weekend?» propone di nuovo a Colette. Ma ha fretta. Se non correrà all'aeroporto rischierà di perdere il volo per Londra.

«Ho sempre sognato di visitare l'Inghilterra» risponde la ragazza. Senza un sì e senza un no.

«Lavoro alla gelateria Morelli di Broadstairs. Scrivitelo: MORELLI. Se davvero vuoi rivedermi mi trovi lì. Niente email. Niente Instagram. Niente Facebook. Voglio te: e non soltanto le tue foto e le tue parole.»

Silenzio, Colette si emoziona. La determinazione di Aaron le piace.

La fa sentire desiderata. Importante. Necessaria.

(...)

Finalmente in viaggio verso l'aeroporto, Aaron ripensa all'immensità vissuta nei dieci giorni appena trascorsi. Non ci saranno più il dubbio e l'incertezza a regnare nella sua vita. Ma la convinzione che la conoscenza è la chiave per un'esistenza più giusta e significativa.

Ben distribuiti nelle quattro tasche dei jeans ci sono i soldi che serviranno a curare la depressione di sua madre. Aaron prega che i doganieri non se ne accorgano. Ecco perché, ancora una volta, si assicura di averli appiattiti per bene. Lo fa sistemando al meglio, con la mano, le dieci banconote che ciascuna tasca contiene. Ed è proprio in quel momento che sente uno spigolo pungergli le dita. È il blister della pastiglia di Substitol che Pelle gli ha regalato a Praga. Aaron lo guarda, apre il finestrino dell'autobus e lo butta via.

Lo fa istintivamente. Senza pensarci troppo.

«Il passato è passato» bisbiglia. E, nel dire questo, perdona se stesso: ma, soprattutto, comincia a perdonare un padre che per lui non c'è mai stato, e che – soltanto da morto – ha cominciato a esistere e a rimediare ai suoi errori.

L'autobus ormai sta per raggiungere l'aeroporto.

La torre di controllo già si scorge in lontananza a intaccare il cielo con la sua necessaria disarmonia.

Aaron tira fuori dal petto la catenina senza più ciondolo: e non si pente di averlo venduto.

Piuttosto, Colette verrà davvero a Broadstairs per incontrarlo? Apparirà, un giorno, fra i clienti della gelateria Morelli a sorprenderlo con la sua presenza?

Non si sa. Non è sicuro.

È soltanto un'ipotesi. Un desiderio che non fa ancora parte della vita: ma delle sue infinite possibilità.

Aaron è stanco di far dipendere il suo stato d'animo dalle decisioni degli altri: "Se verrà tanto meglio. Altrimenti riuscirò a essere felice lo stesso" si ripromette.

(...)

Nello stesso istante in cui il volo di Aaron decolla dall'aeroporto di Zagabria, Anja entra in una profumeria. Da vent'anni non lo faceva. «Vorrei un rossetto, un po' di cipria e un profumo alla violetta» dice, quasi vergognandosene. Come se ambire alla bellezza fosse una colpa.

«Ha qualche preferenza?» domanda la commessa.

«Veramente no: sia gentile, scelga lei per me.»

Nel rientrare a casa comprerà anche una spazzola nuova e una crema rigenerante per risvegliare i capelli dal deserto di incuria in cui sono sopravvissuti perdendo patina e colore. Poco più tardi, lungo la scogliera, si fermerà a guardare il cielo e il mare e chiederà loro di emozionarla.

Ma il buio che si porta dentro è troppo fitto: e tutto quell'azzurro non riuscirà a farsi strada. Non importa. È normale. Ci vuole tempo.

Presto, davanti allo specchio del bagno e con gli occhi assediati dalle lacrime, Anja comincerà a lottare contro la depressione, truccandosi, pettinandosi e prendendosi cura del suo corpo abbandonato.

Lo farà controvoglia, ma con determinazione: e questa sera, quando andrà a prendere suo figlio alla stazione di Broadstairs, sarà finalmente bella: come lui non l'ha mai vista.

Prendersi cura di Aaron prendendosi cura di sé.

Un nuovo modo di vivere. Un nuovo modo di pensare.
Un nuovo modo di amare.

FINE

Nicola Lecca
Venezia, autunno 2013 – Ortigia, autunno 2019

Un artigiano della parola

Per concepire e pubblicare *Il treno di cristallo* ho impiegato più di sei anni, durante i quali ho visitato Broadstairs, Dover, Brighton, Amburgo, Praga, Bratislava, Szentgotthárd, Szombathely, Lubiana e Zagabria.

Ho soggiornato perfino all'Hotel Esplanade, sono stato fra i banchi del mercato Dolac, nel cinema della Galleria Lucerna, al caffè Dobre&Dobré, nella gelateria del signor Morelli e in quasi tutti e cento i luoghi che popolano questo romanzo. Proprio come il maestro Borna Barcic, ho viaggiato da Szombathely a Zagabria a bordo del Diretto 285: un treno che, ormai, è stato soppresso. Invece non ho visitato Cardigan, nel Galles: perché volevo che esistesse soltanto nella fantasia, come per Aaron. Nel corso dei miei viaggi ho incontrato molte persone generose le cui parole hanno arricchito la mia ispirazione. Ho preso appunti, a penna, su un'infinità di taccuini. A Praga faceva talmente freddo che, mentre scrivevo, in mezzo alla neve, per paura che le impressioni andassero perdute, le dita quasi congelavano. Tutto questo è stato fatto con altruismo e desiderio di condivisione: eppure mi domando se, in tempi rovinati dalla rapidità e dall'impazienza, valga ancora la pena lavorare con tanta cura.

Gratitudine

Ho conosciuto Zagabria – e me ne sono innamorato – nel 2010 mentre scrivevo una serie di reportage per le pagine culturali de "L'Unione Sarda" e per il mensile "Studi Cattolici". Ringrazio dunque l'editore Sergio Zuncheddu e il direttore Cesare Cavalleri che hanno sempre incoraggiato i miei viaggi alla scoperta dell'Europa.

Un particolare ringraziamento va alla mia agente letteraria Valentina Barbieri e all'editor Marilena Rossi, che hanno creduto in questo libro fin da subito, e, nel tempo, mi hanno aiutato a migliorarlo con ammirevole costanza.

Grazie di cuore anche a Gino Agnese, Arturo Bande, Carlos Bellè, Emanuela Canali, Davide Collu, Raimondo Ibba, Francesco Merlo, Giancarlo Mura, Antonio Orrù, Danilo Sirigu, Ursula Sladek, Donatella Soro, Susanna Tronci, Ingeborg Unterkircher, Maurizio Vecchi e Chiara Vigasio per il loro sempre grande supporto.

E grazie a Laura Gagliardi e Paolo Valentino per i preziosi consigli.

Uno speciale ringraziamento a Francesca Varotto, Davide Galli, Alessio Lazazzera, Giampaolo Ottazzi e Paolo Lorenzoni per la loro affettuosa ospitalità a Venezia.

Grazie anche a Luca Finardi per l'ospitalità a Milano e a Patrizio Cipollini – che non c'è più – per gli indimenticabili giorni trascorsi a Firenze.

Grazie a Giovanni Francesio e grazie, infine, alla mia famiglia: che da sempre mi supporta, con pazienza e in ogni modo.

Caffè, croissant e altre goloserie che nutrono l'incanto

Ho scritto *Il treno di cristallo* a penna, senza fretta, su centinaia di fogli di carta nei caffè di mezza Europa: da Salisburgo a Ortigia, da Venezia a La Valletta.

È per me importante poter esprimere la mia riconoscenza a tutti quei lavoratori che, in questi luoghi, si sono occupati di me, giorno per giorno, con cura e gentilezza. Ciascuno di loro ha contribuito a rendere questo libro migliore.

Fra essi Cristiano, Mirko, Marco, Paolo, Jeff, Leonardo e Serafino meritano un ringraziamento particolare, proprio come il maestro pasticcere Mario Missaglia: questo romanzo si è nutrito dei suoi squisiti croissant fatti a mano, con i quali ho sempre potuto cominciare in maniera perfetta le mie tante mattine veneziane.

Per amor di verità

I luoghi descritti in questo romanzo sono quasi tutti reali – anche se, in certi casi, alcuni dettagli sono stati cambiati per meglio funzionare all'interno della narrazione. Al contrario, i personaggi che animano *Il treno di cristallo* sono esclusivo frutto della fantasia e le loro opinioni non corrispondono necessariamente alle mie. Ogni allusione a persone realmente esistenti è pertanto da ritenersi puramente casuale.

Oltre a ciò è per me importante riferire quanto segue.

Il 26 febbraio del 2018 ho assistito presso l'Auditorio Nacional de Música di Madrid a uno straordinario recital del pianista Grigorij Lipmanovič Sokolov. Ero seduto fra i banchi del coro (fila 5, posto 11). Ciò che la suora di Kúty riferisce riguardo al comportamento del pubblico è accaduto davvero, quel giorno, così come lei lo racconta ad Aaron.

È inoltre doveroso precisare che quanto scritto riguardo al Substitol mi è stato confidato da un tossicodipendente tirolese. I ragazzi dalle labbra azzurre sono andato a incontrarli, a Vienna, nei lugubri cunicoli della metropolitana di Karlsplatz – prima che la stazione venisse rimodernata e tirata a lucido. Parlando con loro, ho potuto constatare che il Substitol lo vendevano davvero, sia nel blister che senza. Non ho idea, però, se scaldare questa sostanza in forno, su un foglio di carta stagnola, elimini davvero l'effetto retard rendendo il Substitol una droga ben più potente e più pericolosa.

Potrebbe essere vero. Potrebbe essere falso. Di sicuro, non vale la pena correre il rischio di sperimentarlo.

Maestri

Questo romanzo segna il compimento di vent'anni di carriera e il costante prolungamento di un sogno, cominciato grazie all'editore Cesare De Michelis che, nel 1999, pubblicò per Marsilio la mia opera d'esordio, *Concerti senza orchestra*, subito finalista del premio Strega. Sarebbe ingrato da parte mia non ricordarlo, ora che lui non c'è più. Senza Cesare e senza la guida di impareggiabili maestri come Mario Rigoni Stern, Sergio Maldini, Giovanni Raboni, Giuseppe Pontiggia, Gian Piero Bona e Gino Agnese, non sarei mai arrivato fino a questo punto: e *Il treno di cristallo* non esisterebbe.

N.L.

Indice

Mondadori Libri S.p.A.

Questo volume è stato stampato
presso ELCOGRAF S.p.A.
Stabilimento - Cles (TN)

Stampato in Italia - Printed in Italy